忘れないで
おくこと

随筆集
あなたの暮らしを教えてください

2

忘れないでおくこと

随筆集　あなたの暮らしを教えてください2

無心でからっぽな、この美しいもの

もくじ

装画　花森安治
装釘　大島依提亜

ウインドチャイム

町田　康

沖縄の南の方の友人の家に遊びに行ったところ、その家の軒先に長さが五尺ぢかくあるウインドチャイムがぶる提げてあった。これが実によい音で日中これを聞きながら喫茶やなんかすると頗《すこぶ》る気分がよく、家に帰ってからもその音が聞きたくて仕方がない。といってそう頻繁に沖縄に行くわけにもいかない。そこで、家にもウインドチャイムを取り付けることにして、その友人に手紙を出しウインドチャイム屋のありどころを尋ねたところ、あれは外国に行った際に買って航空手荷物として持ち帰ったもので国内では買えぬだろう、という内容の手紙が来た。

ということはあのウインドチャイムを買うためには外国に行かなければならぬわけだが、私は外国が嫌いで外国に行くくらいなら死んだ方がマシだと常より思っている。

ではウインドチャイムを諦めたのか、そんなことはない。いまの世の中にはインターネットというものがあって、大抵のものは、onlineで、買うことができるはずである。それで検索してみると、あるわあるわ、ウェブ上にはウインドチャイムがなんぼうでもあり、その音を試聴することもできる。って訳で山ほどあるなかから、よさげなウインドチャイムを選ぶことができた。沖縄の友人の家にあったのと同じく、長さが五尺ぢかくあるウインドチャイムで、音もよさそうだった。ただひとつだけ問題があったのは価格で、そのウインドチャイムは言うのが嫌になるくらい高直《こうじき》だった。こんなものにこんなお金を出すのは間違っている。人として。そんなことを考えてしまうくらいに高かった。けれどもどうしてもウインドチャイムが欲しい私は、人としておかしくても構うものか、と画面の購入釦を押した。

三カ月後。待ちに待ったウインドチャイムが届き、私は脚立に乗りこれを家の南の軒先に取り付けた。家には南に面して掃き出し窓があり、その先には広い張り出しがある。張り出しの向こうには渓川《たにがわ》を隔てて山で、ウインドチャイムを取り付けるには絶好のロケーションだった。

暫くすると向こうの山の木々がザワザワと音を立て、ウインドチャイムが自然の音楽を奏で始めた。ほうっ。私は嘆声を上げた。まったく欲していたものが実現したからである。日中、なにもしないでこの音を聞きながら琉球泡盛かなんかを飲んだらどんなにか気分がよいだろう。と、そう思ったけれどもその日は外出する用事があったので、髭を剃って出掛けた。それから現在に到るまで毎日なにかしら細々した用があって、なにもしないでウインドチャイムの音を聞きながら琉球泡盛を飲めないでいる。それどころか風の強い或る日、家の者が、ご近所に迷惑だから、と言ってウインドチャイムの管に布の袋をかけて、それ以来、私方のウインドチャイムは鳴らない。家の者が器用に縫った布の袋をかぶったウインドチャイムをときどき眺め、暮らしとはこういうことか、といまは思っている。いまは思って、いる。

（2013年9月）

〝気〟のこと

江國香織

ここのところ、〝気〟について考えている。私の〝気〟は無駄に活発だ。

なぜ無駄になのかといえば、私は気働きができるわけでも気がきくわけでもないからで、それなのに気が急いたり気が咎めたり、気が高ぶったり気がひけたりはしょっちゅうする。気おくれしたり気を呑まれたり、気が気じゃなかったりもする。瑣末なことが気になって仕方のない性分なのに、大事なことに気づかなかったりもする。どうなっているのかわからない。しっかりしてくれ、と私は私の〝気〟に言いたい。

ともかく、〝気〟というのは矢鱈に運動量の多いものなのだ。沈んだり浮き立ったり、もめたり晴れたり大きくなったり、重くなったり軽くなったり、立ったり抜けたりするかと思えば、いきなり転倒したりもするものだから、運動の苦手な私は翻弄され、疲弊してしまう。

それに、〝気〟には謎が多い。たとえば、私はよく人に、「気を回しすぎだよ」と言われるのだが、「気が回るね」と言われたことは、これまで一度もない。どういうことなのかわからない。私の〝気〟は、回しても回らないのだろうか。

いちばん厄介なのは、私がしょっちゅう〝気がすまない〟と感じることだ。たとえば、誰かにごちそうになることは、私としては大歓迎なのに、それでは私の気がすまない。それで、相手が困惑してもおかまいなしに、いいえ、私が払いますと言い張ったりする。また、たとえば、私がきょうは一日中仕事をしようと思っていても、二時間お風呂に入らないと私の気がすまないし、一時間ピアノを弾かないと、やっぱり私の気がすまない。私はほとほと困ってしまう。私にとって、私の〝気〟は、ときどき暴君のようだ。

だから私は気ままという言葉がこわい。気ままに暮らす、と言えば一見自由で快適そうだが、それは〝気〟の言いなり、なすがままということで、すくなくとも私の場合、そんなことになったら大惨事だ。なにしろ私の〝気〟は迷いやすい。暴君なのに迷いやすいなんて、ついて行く者の身にもなってほしい。

考えれば考えるほど、〝気〟というのは御し難いものに思える。でも、その御し難いものがこの世には溢れている（気が抜ける、と言う以上、ビールだって〝気〟を持っているのだ）。そこらじゅう、〝気〟だらけだと言っていい。男気、女気、本気、根気、やる気、元気、その気、邪気、語気、怒気、無邪気、覇気、のん気、妖気、辛気、陽気、陰気、勇気——。気迫とか気概とか気骨とかも、おそらくその親戚筋だろう。水蒸気とか寒気とか暖気とか空気とかまで含めたら、この世に生息している人間の質量より、〝気〟の方がずっと多いと考えざるを得ない。

私は、自分が日々感じていることや考えていることが、全部〝気のせい〟なのではないかと、心配になる。

(2016年5月)

余所の猫

酒井駒子

玄関のドアが、コトンコトンと鳴っている。細く開けると足元で、猫の丸い額がグイグイと押し入ってこようとする。一旦閉めてから、エサの缶を持って外に出ると、シッポを立てた猫がグルグルと回りながら、「オバチャーン、オバチャーン」と見上げる。猫は、もう一年半も、ほぼ毎日やって来て、ご飯を食べては帰って行く。朝に一回、昼に一回、時には夜中にもやって来て、ドアをコトンコトンと鳴らす。家には外に出さない飼い猫が二匹いるので、部屋に上げる事にはせず、ドアの外に皿を置いて、そこで食べてもらうようにしている。

猫は最初、酷《ひど》い生傷だらけでウロウロしていた所を家のものがつかまえて、病院に連れて行ったことから、家と縁がついた。猫は注射を打たれて、塗り薬を一本もらって帰って来て、生傷は、ケガでも皮膚病でもなくて、アレルギーのために皮膚がむけているとの事。毎日、薬を塗ってやるように言われたとの由。

猫は、首輪をしているけど、あんまり姿がドロドロだったから、迷い猫が野良になったのだろうと思った。野良なのに首輪があっては、どこかに引っかかったりして却って危ないだろうと、首輪をはずしてゴハンをあげて放してやった。注射をされて痛い目にあったので、もう来ないかも知れないと、家のものと話しした。

ところが次の日、出かけようとドアを開けると、猫が外の階段に座っている。口を三角に開けてニャーと言う。ゴハンを皿にあけて、猫が食べている間に、傷口に薬を塗ってやると、驚いた事に新しい首輪がはまっている。余所様《よそ》の猫だったのだ……。

余所様の猫は、毎日出勤してきては、ドアをコトンコトンとさせて、「今日も来ましたよ、オバチャーン」と言う。余所の猫に勝手にゴハンをあげて、良いか悪いか良いわけないが、いつもお腹をすかせているのと、向こうの状況がわからないのとで、結局あげるようになってしまった。猫は雨の日には来ない。土曜、日曜は来るのが遅い。飼い主は勤め人なのかなと思う。

ある日、猫に「お前の家はどこですか」と、聞いてみる。いっしょに階段を下りて道路に出て歩き出してみると、猫は、「えっ、オバチャンも来るの、オバチャーン」と言って、ふり返り、ふり返りしながら、並んで歩く。猫は、角を曲がって道路を渡り、細い路地に入って行く。路地は車の入れない私道で、両脇に植木鉢が並んで花が咲いていて、ひっそりと、のどかな感じだった。

奥に一軒、家が見える。猫は、「アノネ、ここがツメをとぐトコロ」と、落ちているベニヤ板にバリバリとツメを立て、「アノネ、ここがお水を飲むトコロ」と、雨水の入った火鉢に頭を突っこんでチャリチャリと水を飲んだ。

「いい所だね」

ふり向くと猫は、空中の赤トンボをパシッとはらい落として、ムシャムシャと食べていた。私が帰ろうとすると、路地の端までついて来て、両足をそろえて見送ってくれた。

猫は毎日やって来ては、階段で日向ぼっこをしたり、昼寝をしたりしている。郵便屋さんも宅配便の人も皆、うちの猫だと思っている。猫が居やすいように、小さな家も作ってある。けれど猫は、いつのまにかいなくなっていて、ちゃんとあの静かな路地の奥に住む、飼い主のところに戻っていく。


（2007年1月）

爺さんのパスタ

ヤマザキマリ

家から歩いてほんの10分程度のところに、私が行きつけにしているその小さな食堂がある。メニューの数も多くないし、季節ごとに内容が変わるわけでもない。旬の食材が手に入った時は、お店の人から直接「本日はこんな料理もできるんですが如何ですか」と薦められる。

食堂のご主人であり調理人でもある初老のマウロさんはたいていいつも調理場に引き籠りっぱなしだが、お客が少ない時は私のような馴染みの客のテーブルに寄って来て、天気や景気、そして政治家のゴシップ話をする。そんな時は見兼ねた娘がやって来て、彼の腕を引っ張って厨房に連れ戻す。

そんな人懐っこいマウロさんだが、彼にも苦手な客はいる。毎日昼時になると現れる頑固な顔つきの老人。この人は自力でもしっかり歩けるのに、たいがいは通りで出会った親切な誰かに付き添われてお店に入って来る。ある時はサングラスにダメージ加工のジーンズ姿のスタイリッシュな若者、またある時は両手に買物袋をぶら下げた体格の良い中年のオバさん。またある時はイタリア語もおぼつかない移民のアフリカ人青年。

そういった人々に気を使われながら食堂に入って来ると、老人はすぐに大声で「いつものパスタを頼む！　持ち帰りで！」と叫んで店員の注意を促す。まわりに置かれているお酒の瓶が振動しそうなくらいの大声なので、お客もびっくりして全員振り向いてしまうが、マウロさんの娘はそんな彼に「もう少し小さい声でも聞こえますよ」と優しく対応をする。しかし老人は「わしは自分の声が聞こえんのじゃ！」また大声で答える。そんなやり取りが為されているうちに、〝いつものパスタ〟が出来上がってくるのである。

「あの爺さん、ここでメシ喰ってると〝味がせん！〟って大声で叫んだりするから困るんだよ。数年前に総入れ歯にしてから余計煩《うるさ》くなった」とマウロさんがボソボソこぼしていたが、それは確かにお店の人にとっては困惑の材料だろう。

しかし、数週間前、またいつも通りお店に姿を現した爺さんはいつものパスタを頼んだ後、「わしは、心の無い家族のせいで明日から施設送りになったからな、もうパスタは用意せんでいいぞ！」と大声で叫んだ。皆どこか半信半疑でその声を耳にしていたが、その次の日から爺さんは本当に姿を見せなくなった。

それから間もなく、お昼時に私がいつも通りお店へ向かって歩いていると、ビニール袋を持って足早に歩いているマウロさんとすれ違った。彼は私に「施設に入れられたあの爺さんが俺のパスタを食べたがってるって人づてに聞いてさ、仕方がねえ、これから持っていってやるんだよ。すぐ戻るから」と眉を八の字に大袈裟に歪ませつつも顔全体で微笑んだ。

私はその日、食堂で爺さんが注文し続けていた〝いつものパスタ〟を初めて食べてみた。トマト味の、きっと沢山の年輩イタリア人が懐かしいと思う、昔風の、素朴で味わい深いパスタだった。

（2015年7月）

昭和史を語り継ぐ覚悟

保阪正康

あるカルチャーセンターで、昭和史の講座をもっている。この七月（二〇〇七年）で十三年目に入る。月に二回、年に二十四回だから、三百回近くこの講座は続いていることになる。平均して五十五人の受講者がいるので、概算すると延べ一万六千人余の人びとに昭和史を語ってきたわけだ。

六十代、七十代の人たちが中心だから、年に何人かの訃報に接する。今年もすでに三人の人と今生の別れをすることになった。そのなかのAさんは、私にとっての師ともいうべき存在であった。いつも最前列に座り、熱心に話を聞いていた。一時間半の講義が終わると、必ず質問をする。あるいは感想を述べる。八十三歳で亡くなったのだから、七十代に入るや私の昭和史講座に通ってきてくれたことになる。

実はAさんは在京の新聞社の役員をつとめた経歴をもっていた。著書も何冊か刊行していた。

退職後は大学で講師をつとめていたとも聞く。それなのになぜ私の講座に来るのか、それが気にかかった。あるとき喫茶店で雑談をしているときにそのことを尋ねてみた。すると意外な答が返ってきた。

「私は学徒出陣の世代ですよ。学業の途中で戦場に送られた。私も南方に送られることになっていたけれど、昭和二十年に入ると輸送船もなくなってつまりは本土決戦の要員で、九十九里浜近くで穴掘りばかりさせられた。敗戦後、大学に戻ると多くの友人が理不尽な命令で亡くなっていた。以来この国の指導者は一切信用しないというのが政治信念でね、そのことを具体的に確かめるためにあなたの講座を聞いているんです」

私は、こうした講座では決して政治的、思想的な内容は話さない。すべて史実のみであり、私が当事者から聞いて確認したことが中心である。Aさんはその内容を確かめながら、あの戦争の指導者たちの無知・無責任、そして傲慢さに対して怒りを増幅させて、自らも若い世代に昭和史を語り継ぐ役割を果たしていた。

こういうAさんを中心に、私の講座の受講者のなかにサークルもできあがっていた。官僚、高校や大学の教員、銀行の役員、企業の役員といった、いわば社会的にもひと仕事を終えてきた人たちが多いのだが、私はこうしたサークルにもときどき呼ばれて話をすることがあった。

まったく意外なことに、階層としては「保守」といわれる人たちが、実はその心中では「二度と戦争はごめんだ」「ああいう時代を息子や孫の世代には味わわせてはいけない」という強い使命感を持っていることに驚かされた。Aさんは、「戦争体験者は怒りを持続させてそれを終生もちつづけること」とくり返していたが、私もその言には納得できた。

今年の二月初め、Aさんは珍しく講座の途中で気分が悪くなったのか静かに立ち上がり、入口で私に二、三回丁寧に会釈をして出ていった。その二週間後に新聞で訃報を知った。夫人の話ではあの講座から戻った日に床に伏し、そして入院したのだという。

昭和史を語り継いでいる私もあと三年で古希である。昭和史の歪んだ時代への怒りが、社会から少しずつ薄れていくことが実感ともなっている。カルチャーセンターでの昭和史講座を十五年続けて受講者二万人を突破してほしいというAさんとの約束が、今の私の励みでもある。

（2007年7月）

古書とエムワキさん

潮田登久子

「混沌の中に真実がある」

部屋一面、本の洪水に埋もれて、古書店主エムワキさんは悠然と愉快そうに、そして屈託なく、そう言い放ちます。

湯島天神脇のなだらかな坂道を登っていて、気をつけないとうっかり通り過ぎてしまいそうな、素っ気のない建物の入り口が、道路に向かってあります。パッチワークのように改造と増築を重ねたその建物は、明治期の土蔵を核として増殖してきたのですが、やがて周りの経済成長の勢いに取り残され、ビルの谷間に沈んだままネズミ色にくすんでいて、街の勢いのある風景からすっかり置いてけぼりにされた寂しさを醸していました。

胸をつくような木造の急な階段をきしませながら、二階へあがって行くと、すり硝子入りのベニヤ板を張り合わせたドアのエムワキさんの店があります。本の在る風景をカメラを通して眺める楽しみを見つけ、数年来はエムワキさんの店へも時々訪ねるようになっていました。

店内では本が洪水のように怒濤となって渦巻き、ドアはすでに半分しか開けられません。体を斜めにしてドアの隙間へ滑り込ませると、13平米位の怒濤の部屋の本の渦巻きの真ん中から「どうもっ！　いらっしゃい！」首だけを出します。

無数の古書は床上1メートルほどまでに水位が上昇していて、店主はその中心の狭い空間に埋もれて仕事中なのですが、鳴門の渦に呑み込まれたかのような具合です。海底に沈んだ本たちはいつ日の目を見るのか心配になってしまいます。

東京のあちらこちら毎日のように開かれている古書市を、早朝から巡り歩いて集めてきた本を、まるで鳥の巣作りのように身の回りに積み重ねていった結果なのです。

雑然と重なり合っている古書の中から、エムワキさんはわずかに見え隠れする表紙や背表紙を頼りに、バランスをとりながら本の山が崩れないように、注意深くそおっとお目当ての一冊を引き抜きます。

エムワキさんが手にするアラビアンナイトの絵本には、久しぶりに目を覚ました蕗谷《ふきや》虹児《こうじ》の描いた妖艶な王子様がいて、そのまなざしにドキッとしたり、明治の頃の皮肉たっぷりの風刺雑誌からは、背広を着ておめかしした骸骨がタバコをくゆらせていたり、憂鬱な顔をしたランボウや、旅の途中のボロボロのドンキホーテが現れたりします。

景気が悪くてさっぱり本が売れないとか、常連客には変り者も多いらしく、その付き合いに辟易《へきえき》しているとか、古書市で見つけた掘り出し物が思いのほか高値で売れたとか、今は世間の評価の高い作家もやがて消えていくだろうとか、巣の中の住人は部屋の外にまで響き渡る声で古書の世界の話をしてくれます。無知な私の耳は右から左に抜かしていくだけなのに、その耳に向かって楽しそうに早口でまくし立てます。

今年の春、エムワキさんは、店内いっぱいに暴れまくっていた混沌の古書の群れと一緒に78歳の生涯を連れて、冥界へ消えていきました。


（2007年9月）

役者と犬の名

関 容子

子供の名づけをするときは、将来その子の恨みを買わないようにとか、世間の物笑いにならないようにとかの配慮が働くけれど、犬の名前をつけるときは誰にも恨まれず笑われもしないから、思い切って大胆にできる。

人に会って犬の話が出ると、犬種よりもまず犬の名前を訊くのが好き。その人の趣味や暮らしぶりが窺えて楽しいから。

先日、文学座の加藤武さんに会って、少年時代にいた犬の話になった。加藤さんは築地の魚河岸育ちだから、さぞかし粋な名前の犬がいたことだろうと思ったら、お母さんが津田塾出の英語に強い人で（何しろ姑の仕打ちが腹に据えかねると英語の独白で鬱憤を晴らしていた）、白黒のブチ模様が淡路島あたりの地図を思わせることから「マップ」と名づけていた、というのが意外で面白かった。

今の勘三郎さんがまだ勘九郎坊やのころ、父親からあんまりひどく叱られると、自分は絶対に十八代目を襲名しないで、犬に「勘三郎」と名づけ、呼び捨てにして威張ってやろう、と思ったそうだ。ずっと以前、その先代中村屋に直接伺っていかにも洒落た話だと思ったのは、幡《ばん》随長兵衛《ずいちょうべえ》が当り役だった役者の飼い犬の名が「権八」で、「長兵衛さんちの居候は白井権八《しらいごんぱち》でしょ」と、絵解きをしてもらったことがある。

また、六代目歌右衛門の犬の名は代々「花子」で、これはもちろん当り役の『娘道成寺』白《しら》拍子《びょうし》花子に因むもの。

やっぱり役者が飼う犬には芝居から取った名前が多くなるのは当り前で、芝翫《しかん》の愛犬は「松王丸」(『寺子屋』の松王女房千代を演じていたときに来た仔犬だから)、海老蔵が新之助時代に飼った犬は「クリス」(『スタンド・バイ・ミー』で演じた役名)などが思い浮かぶ。

つい最近、仁左衛門さんが芸談のあと、くつろいで犬の話になった。

「ぼくが子供のころ、我当兄ちゃんが拾ってきた日本犬の雑種を秀太郎兄ちゃんやらみんなで可愛がって飼ってたことがあってな、それが利口な犬で、でもなぜかうちの番頭の伊藤のことが気に入らんで、帰るまで低く唸っとるんやね。ある日のこと、昔はよくいた犬獲りに捕まって、姿が見えんようになった。それを助けに行ったのが伊藤。暗い囲いの中に仰山捕まった犬たちが一緒くたに入れられとって、みんな運命を察知してじーっとうなだれとる。伊藤が行くと、うちの犬がピューッと一直線に駆け寄って来たそうやわ。それからというもの、伊藤が来るともう大変。飛びつくやら、ペロペロなめるやら、尻尾振るやら、大歓迎（笑）。現金なもんやったね」

話の区切りがついたので、待ち兼ねて犬の名前を訊ねてみた。

「ボビーというの。拾った我当兄ちゃんがつけたんやね」

松嶋屋の当り役から勝手に「忠兵衛」とか「伊左衛門」とかを期待していた私がひどくがっかりした様子なのを、仁左衛門さんは怪訝に思ったかもしれない。

（2008年1月）

空き瓶の居場所

鴻巣友季子

気になる空き瓶が一本あった。ラベルに隠れてわかりにくいが、中身はすっかり空いている。その頃、わが家のキッチン・カウンターには、ワインを飲んだ後などにちょっと「舐める」ためのハードリカーが、幾らか並んでいた。わたしが凝っていたシングル・モルトやアイリッシュ・ウィスキー、夫の好きなマールやカルバドスなどの果実蒸留酒。ところが、一本だけ空いていたそれは、うちにしては珍しくバーボンなのだった。

自分で買った覚えはない。たしか、結婚してこの家に越してきたとき、夫が持ってきたのではないか。そんなに高価でもレアでもない、OLD GRAND DADの114あたりだった。なにかの記念かお祝いか、本人からちらっと聞いた気もするが忘れてしまった。いずれにせよ、空き瓶を捨てずにとってあるのには、それなりの理由があるのだ。ちょっと言いづらい相手からもらったものかもしれない。という勘も働いて、あえて訊かずにいた。

だいたい、食べることのみならず呑むことにも熱心なわが家では、酒器、酒瓶の類をうっかりいじると、しばしばもめごとの元になる。いつかも、ロワール産のシュナンブランの瓶が、開栓したままサイドテーブルにほってあるので、飲まないなら栓をしておきなさいよ！　と思い、〝バキュバン〟でシュパシュパ空気を抜いて栓をし、セラーにもどしておいたら、夫が「ぼくのワインがない」とうろうろしている。栓をして仕舞ったと言うと、「あれはワインをわざと常温で空気に触れさせて（風味の）変化を見ていたんだ！」とふくれていた。

わたしが怒ったこともある。焼酎はふだん、氷の上からそそいでロックにして飲むが、そのときは薩摩の「栗東《くりあづま》」という芋焼酎が手に入ったので、水と焼酎4対6ぐらいで割り水し、味をなじませるためにキッチンの片隅に置いておいた。ご当地では、じっくり1週間も置いてまろやかにした割り水焼酎を「黒ヂョカ」や「からから」といった酒器に入れて温めて飲んだりするのだと、ある焼酎の店で教わったのだった。心待ちにして一昼夜、勇んでとりにいくと、器ごとなくなっている……。ただの水と思って流してしまったと言うではないか。わたしの割り水になんてことを！

かくして、気になる空き瓶を眺めて数週間。ついに夫が「この瓶そろそろ捨ててもいいかなぁ」と言いだした。えっ、なにか訳があってとっておいたんじゃないの？　すると、むこうもきょとんとして、捨てられずにいるのはわたしのほうだと思っていたと言う。いわく、夜中、仕事の後かなにかにチョビチョビ飲んでいるうちに空にしてしまい、それを言いだしかねて瓶をそのままにしてあるんだろうと考え、あえて素知らぬ顔をしていたとか。なんだかお互いトンチンカンな気の遣いあいで、結局、誰がいつ飲んだんだかわからずじまい。

まあ、家の中にこういう空き瓶の居場所があるのもわるくないかな、と思う。

（2008年7月）

水鉄砲を買っているところを見てくれ

片岡義男

今年も水鉄砲を買った。拳銃のかたちをした玩具の水鉄砲を、二丁。色鮮やかな透明のプラスティック製で、ひとつは現実に存在するピストルを模した、その意味ではクラシックな造形だ。もうひとつは、地球を攻撃してくる異星人を迎え撃つという、宇宙戦争タイプの造形なのだが、握りがあって引き金もあり、さらには銃身がまっすぐ前へ突き出ている様子には、苦笑を誘われる。そしてこの銃身は上下に二連となっていて、水を入れておくタンクが三つもある。両極端のタイプをひとつずつ手に入れて、いま僕は子供のような心の平静を得ている。

子供の頃に最後に水鉄砲を買ったのは、十三歳頃だろうか。ブリキをプレスした、粗末と言えばたしかにそうだが、良く出来ていると言うならそれもまた正しい、不思議な玩具だ。荒唐無稽な形ではあっても、実銃から離れきれていない造形が、なぜか子供の心をとらえた。十歳前後の僕が夏に遊んだそのような水鉄砲をいくつか、いまでも僕は大切に持っている。

再び水鉄砲を買い始めたのは、二十数年前だろうか。夏祭の夜店で売られていた玩具のなかに、プラスティック製の水鉄砲があった。夜店の店主はバケツの水を試し射ちさせてくれた。水は細く鋭い線となって、まっすぐに、予想を超えて遠くまで、届くのだった。子供の頃にこんなのがあったら、どんなにうれしかっただろうかと思いながら、タイプ違いに色違いを重ねて、ビニールの袋いっぱいにざくざくと買った。それ以来、夏になるとピストル・タイプの水鉄砲を買っている。

水を飛ばすメカニズムはおなじだから、その限りではよく似ているのだが、前の年のとおなじ製品に出会うことは、一度もなかったと言っていい。年ごとに、新しい製品なのだ。僕みたいな人が日本にはたくさんいるのだろうか。それとも、水鉄砲はいまもまだ、子供たちにとっては、欠かすことの出来ない夏の小道具なのか。

近所の子供たちをかき集め、ふた組に分かれ、水鉄砲で射ち合って遊ぶひとときは、ほんとうに楽しいものだった。追いつ追われつしながら水を射ち合うだけなのに、あれがなぜあんなにも楽しかったのか。最後はちょっとした喧嘩になる。耳のなかにこいつが至近距離から射ったと言って取っ組み合いになり、ほどのよいところでそれを仲裁して、水鉄砲遊びはそこでおしまいとなる。

秋が始まった頃、夜のまだ早い時間、風呂に入っていると、棚に置き忘れたままの水鉄砲が目にとまる。湯のなかにつけて引き金を何度も引き、タンクのなかに湯を入れ、湯気で曇っている窓ガラスに向けて射つと、ガラスから湯気はきれいに拭い去られ、そのガラスごしに、晴れて澄みきった夜空に、もうちょっとで満月の月が浮かんでいたりした。

二十数年分の水鉄砲が、自宅の倉庫のあちこちに散在しているはずだ。買ったものはすべて取ってある。今年の夏が終わったらすべてを探し出して目の前にならべ、子供だった頃の遊び友だちの顔でも思い出すとしよう。

（2008年9月）

おくりもの

小池昌代

若い友人から、おくりものが届いた。封を解くと、なかから現れたのは、滴型の小さなカットガラスだ。透明な糸がついている。添付されていたカードに、「サンキャッチャー」と書いてあった。窓辺に釣り下げ、太陽の光を集めるものだという。集めた光を虹色にして、部屋のなかに散らしてくれるという。

そういえばと思い出したのは、わたしの暮らすアパートに住む一人の老婦人のことである。話を交わしたことはない。銀髪をいつもきれいにまとめている外国人で、一人暮らしのようであった。扉の前に勢いよく育った大きな緑の鉢植えを置いていて、それが扉の半分以上を覆ってしまっていた。根っこなど、もう止めようがないという感じで、土をもりあげ鉢からはみだしている。獰猛な緑のケモノを飼っているようだった。いや彼女のほうが飼われていたのかもしれない。なかで死んでる、なんてことはないだろうと思うものの、扉の前を通るときには、いつだって内を窺うような気持ちになった。だから通路やエントランスで、彼女の姿を見るとほっとした。寂しさを通り越して、荒野を思わせるような厳しい顔つきの彼女を見ると、なぜこんなところに暮らすことになったのか、その寄る辺なさが、わたしのほうにまで染み込んでくるようだった。

その彼女が、道路に面した窓際のほうに、すだれにしては間の空きすぎる間隔で、きらきらしたものを釣り下げていたのだ。オブジェかなと思っていたが、あれこそは、「サンキャッチャー」と呼ばれるものだっただろう。帰ってきたときなど、遠くからでも、彼女の窓は確認された。光を反射して光るからだ。わたしはいます、生きていますよという、小さな暗号のようでもあった。もしかしたら、太陽の光がとても貴重な、北方生まれの人だったかもしれない。

わたしもさっそく、釣り下げてみることにした。窓の上方に、フックを付け、そこにかけたが短すぎる。幸い、家にあったナイロン糸を補充し、長く伸ばして釣り下げた。そんなふうに、正しい位置が決まるまでにも、けっこうな時間がかかったのだ。それが昨日のこと。残念ながら、曇り空続きで、光を集めることはできないでいる。それでも窓を背景に、中空に浮かんだガラスを見るのは、不思議に心が静まるものだ。見えない引力を見たような気がする。あるいは逆。糸が透明なので、見る角度によっては、ガラス球ひとつが宙に浮いているようにも見える。拡散した暮らしのなかに、それはいきなり現れた、何かの「目」のような中心だった。外界から取り込んだものを、屈折させ、角度を変え、違う価値のものに変換して、内部へと運ぶ。詩を書くこと、そのものではないか。わたしもこのようなガラスになれたら、どんなにいいだろう。でも、無理だ。わたしは人間。心はガラスのように透き通ってはいないし、眼球だって、ガラス玉のようには虚淡《きょたん》に回転しない。無心でからっぽな、この美しいものは、ただ在るだけでなく、光を集める「仕事」までするという。驚いてしまう。サンキャッチャー。

（2009年1月）

お気楽極楽？

近田春夫

先日、接客業の新人研修の様子をTVでやっていて、講師の元航空会社客室乗務員が、金を稼ぎたければとにかく四の五の言わず笑顔をふりまけ！　と持論を力強く展開してはお手本に笑みを満面にうかべてみせたりするのだが、なにしろその笑顔がものすごく怖いのである。それでみんなビビっちゃって、何とか先生に怒られないように必死になって無理やり作り笑いをしているのがおかしかった。

それにしても、へんなこと教わったりするもんだなと思った。笑顔なんて調教されて丸暗記したところで、心が伴っていなけりゃ何も伝わってこない。ジャマなぐらいだ。ちょっと自分が客の立場になってみれば、分かりそうなレベルのことだろう。

そんなことを友人と話していると、アレは防御というか自分には敵意がないことを知らせるのが目的であり（つまり、相手を喜ばせるのではない）、一昔前の営業スマイルとは似て非なる、教わらないと出来ない、きわめて今日的なスキルなのだと説明してくれた。

ホントかね？　とも思ったが、そう言われれば最近、買い物をしているとよく、「袋にお入れしてよろしかったでしょうか？」とか訊かれる。病院に行けば「患者さま」だ。あれも一緒か。どこに行っても必要以上のへりくだった対応には、うんざりさせられるが、それもこれも客とのトラブルから身を守るてだてというのならば仕方ない。

実際、些細なことであっさり人が殺されてしまうケースも増えている。ニュースなどを観ていて感じるのは、例えば駅で肩が触れたとかそんな動機で、（誤解を恐れずに言えば）相手のことはともかく、自分の一生をどうして棒に振ってしまうようなことをやらかしてしまうのか。これだってちょっと想像力が働けば間違いのおこしようもないことだろう。

そしてふと我に返った時、何を思うのか。きっと、なぜ人を殺してしまったか自分でも説明がつかないに違いない。要するに手がすべっただけなのだから。

日々暮らしていて、ますますこの先が見えにくくなってきた。不毛の度合というものの恐ろしい速度で広まって行くことを思わずにはいられない。なのだけれど一方ではそんな時代もなかなか面白いと思わない訳ではない。一体我々はどうなってしまうのか？　不安でもあるがスリリングでもあるからだ。

自身の仕事である音楽にしても、パソコンの驚異的な発達で誰でも簡単に作れるようになり、今までは聴く一方だったひとたちが、音楽は作る方が面白いと知ってしまった以上、マーケットの意味合いの大きく変わるのは当然だろう。下手をすれば職業音楽家という存在があり得なくなる可能性もあるのだ。

ＳＦ作家Ｐ・Ｋ・ディックだったと思うが、「いやなことは出来うる限り避けて通れ。だがどうしても避けられないと知ったら、後は楽しめ！」というようなことを言っていた。なんとも素晴らしい提言ではないかと思うのだが、如何だろうか？

（２００９年11月）

「サイトウには日常がないねぇ」

斎藤明美

私は妙に記憶力がよいので、誰かに言われた言葉やそう言った時の相手の表情などを克明に覚えていて、よく嫌がられる。

タイトルの台詞は、幼馴染みの女友達が、大学一年の時、私の下宿へ泊まりにきて、翌朝、ベッドの脇で化粧をしている私を見ながら、ポツリと漏らした言葉だ。

彼女の言葉通り、私には「日常がなかった」。

その数年後、こんなこともあった。私は大学を出て高校の教師になったばかりだった。ある朝、いつものように駅から学校に向かって歩いていると、十メートルばかり先を私の母親ほどの歳の先輩教師がやはり学校をめざしているのが見えた。私はすぐに歩をゆるめた。気づかれたくなかったのだ。気づかれたら、一緒に歩かねばならなくなる。私は世間話が大嫌いだった。「あら、アケミ先生」。だが、気づかれた。先輩女教師は振り向いて「おはよう」と言うと、その場で私を待った。しまったと思ったが、仕方ないので挨拶を返して、その人と並んだ。

「こんなお天気のいい日には学校に来たくないわね。洗濯物がよく乾くから、家にいて洗濯したいと思わない？」

先輩女教師は屈託のない笑顔で私に同意を求めた。

くだらない。だからイヤなんだ。私は思った。

「私、別に洗濯物なんかどうでもいいですから」

そっけなく私が言うと、相手は明らかに鼻白んで、以後、私達は黙ったまま、気まずく学校への三分間を歩いた。

私は妙に正直でもあった。

私は黙って歩きながら、まるで相手を憎むように、強く思った。洗濯が何だっていうんだ。そんなくだらないことを私に話しかけるな。そんなことはどうでもいいのだ。そんなことより、素晴らしい映画を観たり本を読んだり音楽を聴いたり……私にはもっと大事なことがあるんだ。

つまり、若い頃、私はずっと日々の生活をバカにし、疎かにしてきた。洗濯など、夜中にしようが部屋に干そうが、きれいになればいいのであって、掃除だって、部屋が片付けばそれでいい。食事なんかお腹が一杯になればいいじゃないか。日々の寝食などに価値があるものか。

そう思ってきたのだ。

だがそれは違った。大間違いだと気づいたのは、一人の女性に出逢ったからだ。高峰秀子――。この大女優の日常をつぶさに見るようになって、私の考えは、文字通りコペルニクス的転回を遂げた。

そして彼女の、小さな日常をいつくしむような生き方に心打たれて、先般、『高峰秀子の流儀』という本まで出した。

是非、読んでいただきたい。宣伝するのではない。いや、やはりあえて宣伝する。人間にとって日々のささやかな暮らしがいかに大切か、なぜ大切か。幸せとは何か。読めば、書いた私でなく、書かれた高峰秀子が教えてくれるからである。

だがしかし……。書いた私は、果たして日常を大切にできるようになったのか……。書くは易し、行うは難し。

正直、私は今、溜息をついている。


（2010年5月）

タバコと英和辞典

半藤一利

八月は遠い敗戦を思う月である、とは亡き作家大岡昇平氏の言葉である。六日の広島、九日の長崎、そして満州、十五日の天皇放送と、あの惨めであった日々をわたくしは想い起こさずにはいられない。新人類どもに「じいさん、そんなむかし話、いい加減にしなよ」と言われても、この三つの歴史的日付は死ぬまで消し去るわけにはいかない。

「戦陣ニ死シ職域ニ殉シ非命ニ斃レタル者及其ノ遺族ニ想ヲ致セハ五内《ごだい》為ニ裂ク」

わたくしは八月には、「終戦ノ詔書」のなかのこの文言を経文のようにとなえて起きるのを、毎朝のしきたりとしている。

この終戦の天皇放送を、勤労動員先の新潟県長岡市の軍需工場内で聴いた。祖国敗戦とわかった直後、ヨタ公的な同級生に誘われて、禁じられていたタバコを生まれて初めて吸った。中学三年生、十五歳にして、人生の楽事は早いとこ知っておかなくちゃ、というはなはだ不敵な気持ちであったのを覚えている。なぜなら、敗戦となったからには奴隷として生きねばならない、と前々から教えられていたからである。

このとき、ポケットにあったコンサイスの英和辞典を破いて使った。なぜ英語の辞書がいいのか忘れたが、とにかくピリピリ、ピリピリとふんだんに破き、タバコの葉の巻紙にして、はかない煙に化してしまった。

「大丈夫、みんな記憶して頭に入れてしまったから」

と胸を張ったものの、奴隷になることもなく、ふたたび中学生に戻ることとなって、英語の授業の時に大弱りに弱った。

コンサイスの英和辞典が昭和二十二年（一九四七）三月には百二十円。六十ワットの電球が一個十二円五十銭、都バス乗車賃一円のころである。親を拝み倒して辞典を買う金をもらって本屋に向かったが、途中で腹がへって我慢がならず、乾燥イモを買ったため足りなくなった。さあ大変で、穴を埋めるのに七転八倒、半年もかかって元金をそろえて本屋にすっ飛んでいったら、すでに英和辞典は百八十円に値上がりしていた。

タバコといえば、紙巻き器でタバコを巻きながら聴いたラジオ放送の話も想いだされてくる。二十年九月二十七日の夜のことである。この日、昭和天皇は米大使館にマッカーサーを訪ねた。

極秘裏であったから、国民はだれひとり知らなかった。もちろん越後の寒村に疎開中の中学生が知るはずもない。

ところが、である。せっせと使いものにならなくなったコンサイスを破いてタバコを巻いていたこの中学生は、その夜、どうしたことか進駐軍放送に、ダイヤルを合わせていた。と、

「ヘロヘト・バウ……ヘロヘト・バウ……」

という言葉が飛びこんできた。中学生の貧弱な語学力では何のことかわからなかったが、これだけが妙に頭に残った。

数日して新聞に、かのマッカーサーと天皇の記念写真が載って、わたくしはヘロヘト・バウの意味をただちに了解したのである。天皇裕仁がペコンとマッカーサーにバウ〈お辞儀〉して、戦争は終わったんであるな、と。

（2010年7月）

小さな勇気

岩政伸治

小さなことかもしれないが、忘れられない出来事が誰にでも一つはあるだろう。不安なことが次々と起こる現在において、度々思い出す出来事がある。二十年以上前になるが、当時学生だった僕は自分のちゃらんぽらんさが原因で人間関係もうまくいかず、勉強にも身が入らずに自暴自棄になっていた。大学からの帰り道、小田急線の急行に乗った直後にその事件は起きた。つり革につかまって本を読んでいると、車両の反対側が何だか騒がしい。よく見ると、百八十センチはある体格のいいスーツ姿の青年が周りの客をどついたりけったりしながら罵声を浴びせていた。遅刻はするし、ルーズで無責任でどうしようもない僕だったが、こういう時はなぜか小っ恥ずかしい正義感のようなもので顔から火が出そうになる。その一方でプロレスラーのような大男を前に怯むもう一人の自分が、知らんぷりを決め込むように促している。「痛い目にあうぞ」、「本読むフリしろ」……いろいろな言葉が猛スピードで頭の中を回っていた。

その時、一人のおじさんが席を立った。定年間近の中年太りで背が低く、スーツの着こなしもちぐはぐでお世辞にも格好いいとはいえないそのおじさんは、よく見ると足を震わせていた。彼は暴れている青年の背中に手をあてて言った。「やめましょう」。「外に出ろおっ」――青年の指図におじさんは静かに頷いて、ちょうど下北沢でドアの開いた車両から青年について出て行った。僕は思わず二人を追って電車を降りた。そして二人に後ろから声をかけようとしたまさにその時、声が響いた。「すみませんでした。会社で辛いことがあって酔っぱらってました」――青年はぺこりと頭を下げた。「いいんだ。いいんだ」。ほっとした表情のおじさんは何度も同じ言葉を繰り返した。二人につられて車両をその時飛び降りたのも、事の一部始終を目撃したのも、そして記憶にとどめているのも、おそらく僕だけだろう。一見〝ダサイ〟と思ったおじさんの勇気は、今でも時として自暴自棄になる僕に一筋の希望を与えてくれている。

僕が今滞在しているアメリカは、たった一人の勇気にまつわるストーリーには事欠かない。たとえばヘンリー・デイヴィッド・ソロー――彼は十九世紀半ば、奴隷制を維持するアメリカに疑問を抱き、税金の支払いを拒否して自ら牢獄に入った。人権問題では、ローザ・パークス――黒人女性の彼女は一九五五年、人種差別下のアメリカで、後からバスに乗車してきた白人男性に敢えて席を譲らないことで逮捕された。最近では、日系アメリカ人ワタダ中尉――彼は、アメリカのイラクへの戦争は間違いだとして、軍人でありながらイラクへの従軍を拒んで軍法会議にかけられた。たった一人の勇気はしかし、後にアメリカの歴史を変えることになる。

こうした一人の勇気にまつわるストーリーは、時代を超え、場所を越え、本の中や、新聞の片隅から、あのおじさんの勇気のように僕個人の大切な記憶の中まで、きらきらと偏在している――そしてあの、胸の張り裂けそうな辛い震災の記憶の中にも。

（2011年7月）

非生産的逃避

角田光代

やるべきことが山積みのときに、逃避のようにべつのことをする、というのはだれしもが心当たりがあることだろう。しかしながら、そのとき「何をする」というのは本当に千差万別なのではなかろうか。

引っ越し準備中に本棚の整理にとりかかり、漫画や本を読み耽ってしまう人は多いと思う。私の場合は日記だ。昔の日記を読みかえすと止まらなくなる。べつのときに読めばさしておもしろくないばかりか、恥ずかしささえ覚えるだろうけれど、逃避行動だからおもしろくてたまらない（ような気がする）。

仕事がたまっているとき、私ならば締め切りが立てこんでいるときだが、逃避行動としてよくあるのは買いものにいくことである。衣類や電化製品といった大きなものではなく、もっとちいさな日用雑貨だ。しかも買いものにいくのに、自分に言い訳をする。「そういえば酢が切れていた。酢を今日じゅうに、というか、忘れないように今すぐ買いにいかねばならない」、そう言い聞かせて出向く。出向く先はいつもいく商店ではなく、輸入品を多く置くスーパーマーケットやチェーン店だ。こういう店に入って、異国の調味料やお菓子のパッケージを手にとってはうっとりと眺め、ぜったいに使い切らないであろうめずらしいスパイスなどを気づけば買いこんでいる。そうしてなんとなく気分よく帰ってきて、気づくのだ。今買わねばならない酢を買い忘れたことに。

猫を飼うようになってから、猫逃避というあらたな分野があらわれた。猫の好きなおもちゃをもって延々と猫と遊ぶ。あるいはベッドに横たわり猫が隣にきて寝るのを待つ。猫の写真をひたすら撮りまくる。これが猫逃避。しなければならない家事関係がたまっているときに、私がよく陥る逃避である。

あらためて考えてみると、私の逃避はみな非生産的である。たとえば逃避行動として鍋を磨く人がいる。掃除をする人がいる。本棚の整理をはじめる人がいる。縫い物をする人がいる。運動をする人がいる。凝った料理を作る人がいる。エステやマッサージにいく人がいる。逃避のはずなのに、それらはみな、生産的だ。生活の何かしらの役にたっている。エステやマッサージですら、きれいになったり肩こりが治ったりというプラス点がある。私もそういう逃避がしたい。せいぜい猫の遊び心が満たされるというプラス点があるくらいか。仕事をしたくなくて家事をするとか、家事をしたくなくて仕事をするとかになれば、もっと合理的に快適に暮らせるのではないか。

いや、しかしそんな合理的な人間だったら、そもそも逃避などしないのかもしれない。

完璧に逃避できると、何かから逃避していることをすっかり忘れて、なぜそこにいるのか、なぜそれをしているのかわからないながら、何かたのしいという軽いトリップ感が味わえる。これがせめてものプラス点だろうか。……いや、そういうことではないな。

（2011年11月）

話しかけたい

津村記久子

　最近、生まれて初めてお店の人と世間話をするごはん屋ができたのだった。担々麺のお店である。とても手ごろでおいしいし、ネギがお代わり自由というところに惹かれた。平日の中日の楽しみに、週一回ぐらいのペースで通っていたら、お店のおじさんが、一人で夕食を食べに来るわたしに、けっこう何くれとなく話しかけてくれるようになった。ひっきりなしに話をするわけではなく、なんとなく、食べることに少し疲れたな、という時に、二人の店員のおじさんのうちのどちらかが話しかけてきてくれる。内容は、何回目？　だとか、寒いですね、だとか、景気はどうですか？　といった他愛のないものである。最近開店したお店なのだが、すでに常連さんらしき人もいて、これからどこそこの沿線の何駅でお酒を飲んでから帰る、などと話している。息子が結婚する、というような話をしていたりもする。わたしは特に話すべきことを持っていないので、常連さんとおじさんが喋っているのを聞くのを楽しみにしている。

他人はおもしろいものだ、ということは、わたしが小説を書く大きな理由の一つになっている。わたしは、いろいろな自分でない人々、同じような立場の人や、かつてそうであった立場の人、まったく触れたことのない立場の人と話したい、もしくは、まだ見ぬその人のことを知りたい、という思いで、その人の考えていることややりそうなことを想像し、それを小説に書く。本当は、興味のある人に手当たりしだい話しかけられることが理想なのだが、そうもいかないので、しぶしぶそれらしいものを自分で組み立てて我慢しているとも言える。

ここ最近では、話しかけられておもしろかったことと、話しかけて良かったことが一つずつあった。前者は、百貨店の地下の食堂で、知らないおばあさんに恋愛について訊かれて、話しながら質問するうちに、そのおばあさんの興味深い恋愛観が見えてきたという出来事で、後者においては、大阪の北新地でお肉中心の料理を出すお店の、お姉さんといってもいいぐらいの年齢の若い女性店主が、いったいどのようにしてそのお店を出すところに辿り着いたか、ということを話してもらった。二人とも、話をする数時間前までは、名前はおろか顔すらも知らない人々である。またその後、彼女たちに会うという予定も特にない。料理屋さんのお姉さんとはまた顔を合わせることがあるかもしれないけれども、おそらくおばあさんには、もう二度と会うことがない。もしくは、会うことがないからこそ、短い時間に凝縮して、自分の思うことを話すのかもしれない。いわば、一人の人間の人生から蒸留された精油のようなものを吸い込んだということなのだろう。
誰も彼もが、そういった香りを持っているのではないか、と思う。わたしはできるだけ、その蓋を開けて回れないものかと考えている。そのためには、誰かに話しかけるという技能が必要になる。これから何十年かかけて、その訓練を積んでいきたいと思う。まずは担々麺屋のおじさんの切り口から学びたい。

（2012年1月）

おせっかいのものさし

姜 尚美

先日、仕事で訪れた韓国で、からりと乾いた風のようなおせっかいを受けた。ソウル市内のとある地下鉄の駅でのことだ。私は日本語のガイドブック片手に、タッチパネル式の切符販売機のハングル表示と格闘していた。すると突然、太い腕がヌッと伸びてきて、画面のあちこちを乱暴にタッチする。

いたずらだ、と思った。腕の主は、隣の販売機の前にいた中年の男性。言葉の自由がきかない不安も手伝い警戒心は全開、威嚇ぎみに男性を見上げたら、あごをくいくいと動かし、私に画面を見ろ、と言っている。いぶかりながら自分の販売機に視線を戻すと、ハングル表示が日本語表示に切り替わっていた。

切符売り場には私とその男性しかいなかったから、混雑回避のためではなく、善意からの行為であることは明らかである。威嚇までしてしまった自分を恥じつつ、精一杯の感謝を述べた。

しかしその人は小さく「イェー（はい）」と言うのみで、こちらには目もくれず、さっさとどこかへ去ってしまった。

そういえば、5年前にソウルを訪れた時に受けたおせっかいも、乾いた風のようだった。その日、私は待ち合わせの相手に至急で連絡をとらねばならず、公衆電話を探していた。ところが、日本と同じく携帯電話の普及の影響で電話ボックスが見あたらない。きっとここなら、と大型スーパーに駆け込み、店内の案内所に座っていた青年に、たどたどしい韓国語で尋ねた。

「ここに公衆電話はありますか」

何か作業をしているのか、青年はうつむいたまま「イェー」と返事した。しかし、それきり顔を上げる気配がない。もしやとのぞきこむと、案の定、膝の上で携帯メールを打っている。ムッとした。目の前に話しかけている人がいるのに失礼な。

「公衆電話はありますかッ」

いらいらをわざとあらわにして、もう一度言った。すると、それとほぼ同時にメールを打ち終えた青年が、いきなり携帯電話を私に差し出した。青年はメールが終わり次第、自分の電話を貸してくれるつもりだったのである。

日本で出合うことのないタイプの厚意に面食らった。青年がメールを打ち終わるまでの数秒を待てずに声を荒げたことが申し訳なく、小さくなった。待ち合わせ相手への連絡を済ませて青年に電話を返し、その場を離れた。最後に会釈しようと振り返ったが、青年はもうメールに一生懸命なのだった。

あなたの用事は、私の用事。だから見返りの言葉も必要ない。ただし人の面倒を見る時は、自分の仕事を済ませてから――。韓国の人々が持つ、この独特な「おせっかいのものさし」が、私はなかなか好きだ。一見ぶっきらぼうなふるまいに、彼らの人なつっこさ、他人にかかわることへの屈託のなさを垣間見る。きっと日頃からおせっかいを焼いたり焼かれたりすることに慣れているのだろう。世話してくれる割に態度が淡白なのには戸惑うが、相手の犠牲を感じさせないおせっかいは、焼かれるほうも気が楽なのだった。

（2012年1月）

さみしいものが見たくなる

穂村弘

夜の散歩の途中などに、誰も住んでいないような壊れかけた家を見つけると、立ち止まってじっと眺めてしまう癖がある。

褪せきって読めない表札、ひしゃげた牛乳箱、猛犬注意のステッカー。窓硝子の向こうにクレンザーの円筒形の箱が透けている。ああ、台所だ、と思う。あれで誰かが食器を洗ったんだ。その人はどこに行ったんだろう。そして家族は。

いくら見詰めていても、答はわからない。諦めて、また歩き出す。なんだか、妙にどきどきしている。

牛乳箱って懐かしい。昔は家でも瓶のを取ってたっけ。クレンザーは最近見ないな。どうなったんだろう。もう廃れてしまったのか。もっといい洗剤ができたから。そりゃそうか。クレンザーって削る感じだもん。試しに検索。わっ、全然健在だ。今夜、こんなにクレンザーのことを考えた人間って日本に何人いるだろう。

夜の空気の中をふわふわと歩きながら、そんなことをいつまでも考え続ける。美しい家に憧れるのはわかる。でも、ぼろぼろの朽ちかけた家に強く惹きつけられるのは何故なのだろう。

他の例としては、旅行などで地方都市に行ったときに、商店街にある寝具店が気になることがある。

蛍光灯の白々とした明かりの下で、西洋の顔をしたマネキンが昭和っぽい寝巻きを着せられている。外国人はこんな寝巻き着ないだろう、と思う。しかも裸足。

その隣のマネキンはネグリジェを着ていて、なるほど西洋風だけど、それはそれでやっぱり妙だ。久しぶりに見たよ、ネグリジェ。これ、ほんとに外国にあるんだろうか。日本人が勝手に想像した外国の寝巻きなのでは。

よく見ると、彼女たちの髪型がおかしい。金髪の鬘《かつら》が微妙にずれているのだ。可哀想に。ずっとあのままなのだろう。二人とも虚空を見詰めて、微笑んでいる。さみしい。なにもかもがさみしい。でも、ウィンドウの前から立ち去ることができない。その空気を隅々まで味わいたいのだ。

さみしいものが見たくなるのは何故だろう。

人間の心の中には、明るさや楽しさや豊かさや優しさや温かさだけでは埋められない隙間みたいな領域があるんじゃないか。さみしさだけがそこを埋めるのだ。

ぼろぼろの家、牛乳箱、クレンザー、蛍光灯、マネキン、鬘、ネグリジェなどに惹かれるのは、私が昭和の戦後生まれであることと関わっているのだろう。

でも、もしも生まれた時代がちがっていても、思わず見入ってしまう対象が変わるだけで、さみしいものに対するこの感覚自体は消えないような気がする。

じっと見詰めて、それからどうしたいのか。自分でもわからない。ぼろぼろの家の中に入りたいわけではない。鬘のずれたマネキンを家に連れ帰りたいわけでも。ネグリジェを着たいわけでも。ただ、しばらくの間、そのさみしさに浸っていたいのだ。

（2012年1月）

ただいるだけで

木内　昇

毎年一度、高校時代に所属していた部活の総会がある。卒業生から在校生まで四十期以上、つまり四十年も開きがあるソフトボール部経験者が一堂に会すのだ。先輩、後輩の近況を聞き、子供ほどの年齢の現役生の抱負に感心し、世代は違えど似たところが多いな、と大雑把な仲間意識を持ったりもする。

同期とは、年に一度といわずもう少し頻繁に会う。気が向けばご飯に行くし、時折メールもやりとりする。みな、子育てや家事に日々奮闘しつつ、それぞれに仕事を持って忙しくしている。看護師、大学の先生、企業、官庁勤め、旦那さんとお店を開いた者も。立場はまちまちだが、互いに相手の生き方を尊重し、信頼しているような不思議な関係が長らく続いている。

女同士によくありがちな比較論、例えば住んでいる家や経済状態、亭主や子供を比べて、どちらが幸せかを競い合うようなさもしい行為とも無縁である。会ったところで愚痴を言い合うこともなく、変に干渉もしない。端から見ればずいぶんあっさりした付き合いに見えるだろう。ただ、誰かに慶事があればみな純粋に喜ぶし、哀しいことがあればそっと支える。もう四半世紀も行き来しているせいで互いのことが奥深くまでわかるから、関わり方がすっかりシンプルになっているのかもしれない。

私が文筆業という明日をも知れぬ仕事をはじめたときも、こっそり本を買っては密かに周りに勧めてくれていたのが、彼女たちである。

「最初の頃は木内の本を読みながら、『大丈夫かな。いいものになってるかな』と変に緊張したけど、今はなんの心配もなく、一読者として普通に木内の本を開けるようになったよ」

少し前、仲間のひとりにそう言われたとき、私ははじめて、自分も「作家」と名乗ってよいのかな、と思えた。

2011年は「絆」という言葉が、あちこちで聞かれた一年だった。TVでは盛んに家族や仲間が集う様子を映し出していた。もちろん、物理的な面において共同で事に当たらなければならない局面は多々ある。けれど絆というのは必ずしも、常に傍らに誰かがいる、という状態だけを指す言葉ではない気がする。

部活仲間とは始終つるんでいるわけではない。それぞれに暮らしを抱えている。そうして社会生活を送る私個人は、取り残されたような気分になることもあれば、ひとりで解決しなければならない問題に突き当たりもする。そんなときはただ、みなの存在を思い出す。電話やメールで延々窮状を訴えることをせずとも、それだけでこわばっていた肩の力が抜ける。

「絆」が一人歩きして一元的な善となる反面、孤独が必要以上に遠ざけられる風潮は残念に思う。個を生きる上で、思いを周囲と共有できないこともあれば、状況的に孤立することもあるだろう。それは当たり前の、誰にでも起こることなのだ。ただひとりで在るとき、たとえ遠くにでも思い出して心温まる存在があるとすれば、それが歩みを支える糧になるのではないか、そんな風にも思うのだ。

（2012年3月）

天国

三木 卓

戦争が終ったときぼくは中国にいたので、いろいろな軍隊に出会った。最悪だったのはソ連軍で、強盗団のようなものだった。中国国府軍も、ここは自分の土地だから、それほど悪質ではなかったが、よいとはまるでいえず、日本軍も、中国の民衆に対して相当わるいことをしていた。

戦争している軍隊がやさしいわけがないけれど、引き揚げてくると、日本人のこどもが、米軍の兵士になついている。

米兵は体格がよく、お尻もパンパンにはっていて、小さなジープに乗って、活気あふれる動きをしている。日本人のこどもがすぐについていって「チョコレート、ちょうだい」、と平気でいう。米兵は、ニッコリわらって手をあげて、それに応え「ハーイ」といって、行ってしまう。

「チョコレートなんて、あるのか」

ぼくが訊くと、

「あるある。前は、いくらでもくれたぞ」

といった。米兵は人気の的だった。

ぼくは一度もその恩恵に浴さなかったけれど、かれらは本当にくれた。あいつらはこどもが好きなんだよ、という。

このちがいは何なのか。アメリカは豊かで、信じられないほど人がいい。米兵はなぜか天使だ。

大人になった、それも相当たってのある日、ぼくはようやく気づいた。あれは占領時の内密の指令があったからだ。こどもから手なずけよ。この内情を書いたものには、まだお目にかかっていないけれど、しかし、今はミエミエだ。兵士諸君まず、こどもたちにチョコレートやガムをくばって、あかるくふるまえ。

そして、ぼくらは、みごとにそれにひっかかった。米軍はぜいたくで、GIはみんなすごくお人好しだ。戦争中に鬼だ強姦魔だと思っていた連中のイメージとは、まったくちがう。

巧妙な懐柔。いろいろな局面で今はそれがよくわかるが、あの「チョコレート・ギブミー」

もその一環だった。続いて大量に公開されたハリウッドの映画も、その一翼をになっていた。水着の女王、エスター・ウィリアムズ。チョイわるでカッコいい、ヒゲのエロール・フリン。エロール・フリン主演の『ロビンフッドの冒険』は、『風と共に去りぬ』とともに終戦前のカラー作品である。

そしてデモクラシー。ぼくがアメリカにソ連より好意をもったのは、「チョコをくれるか。もっているパンをうばいとられるか」のちがいの記憶のせいだ。

あのころのスターは、「ハーシーのチョコレート」「リグレーのガム」。「ハーシー」は、ドル安の今、ぼくのいる鎌倉でも売られているが、なつかしさに口に入れてみると、昔の気持ちがよみがえる。しかし、ハーシーってこんなに牛乳くさい香りがしたのか。昨今の空輸の欧州チョコに比べると、ずいぶんひなびている。しかし、あの時は、これで充分天国に行き、とても帰ってこられなかった。

（2012年3月）

移動中の読み物

ほしよりこ

仕事のときの休憩や気分転換の取り方はひとそれぞれです。

一人で仕事をするようになって、好きな時間に珈琲を入れることもできるし、好きな音楽を聞きながら作業することもできるのに、喫茶店へ出かけるのはやはり視覚的な景色を変えることが一番の気分転換になるのでしょう。

特に散歩はとても気持ちがよいものです。さっきまで行き詰まって考えていたことの解決方法が、すんなり出てくることもあります。

そのまま行き当たりばったり、バスや電車に乗ることもあります。行き先は考えず、バスの中で景色を見たり、他の乗客の会話を聞いたりして乗り物に体をゆだねていると、とても心地よくなります。

遠方へ行く際には乗り物の中で読む本を持っていきます。

出張が増え始めた頃、距離が長くなると読書の時間も増えるであろうと長編の小説を持ち込んでいましたが、距離の長い移動では必ず眠たくなるし、乗り物の中では案外長文への集中力も保ちづらいことがわかりました。週刊誌はよくできていて、2ページくらいの記事なら興味を持って読めるし、集中力が途切れたところで、他のページの話題に移るとまた頭が切り替わる感じで楽しめます。そのように、ある程度の短さの記事を読むのに乗り物は適しているようです。

ある日電車の中で鞄の中に入れっぱなしにしていたボイスレコーダーの取扱説明書を見つけ、何気なく開いて読むとこれが読み込むほどなかなかに面白い物でした。私は家電を買っても説明書は最低限の使い方くらいしか目を通さず、後は故障などの困ったときのためにファイルに入れてしまってしまいます。

自分が特別機械音痴なためと思っていましたがそういうひとは意外と多いようで、家電メーカーの方でも深く読み込まれることを半ばあきらめたように、「簡単説明」というような短い文章の用紙を、通常の説明書に添付していることもあります。

電車の中で取扱説明書を読み始めてその面白さに目覚めてから、時々家電などの取扱説明書を電車に持ち込むようになりました。

家では開いて読もうと思わないものが、移動中の乗り物の中では楽しく読めますし、自分の持っている家電の潜在能力の高さを知ることができ、自分がその能力を生かしてあげてなかったことを気づけるのは大きな発見です。それから、文章を書いたもの全てに共通することですが、取扱説明書でも面白い書き方と説明下手な文章があります。

普段気づかなかったし考えもしなかったこと（例えばＦＡＸ複合機では「子機は親機や他の子機から１ｍ以上離して設置してください」など）を発見すると、誰かに教えてあげたくなったりします。

そんな訳で、自分のことを機械音痴だと思っておられる方には、移動中での読書に取扱説明書をお勧めしています。

（２０１２年５月）

生きたくば蟬のように鳴け……

早坂　暁

毎年、八月になると決まってインタビュアーがやってくる。

「終戦は、どこで迎えましたか」

私はことし八十四歳。終戦のときは十六歳で、海軍のエリートを養成する海軍兵学校七十八期生だった。

「えッ、敗戦のことですか」

そうか私はもう、あの戦争を実感したことのある数少ない〝絶滅種〟の一人になっているんだ。

「どんな思いでしたか？」

三百万人の兵士や市民が死んだ戦争の果てで、

「うれしかった」

とは、なかなかに言えない。しかし、もう帰ることはないと思っていた故郷に帰れるので、喜びの思いがこみあげてきた。

私の郷里は、松山市郊外の、小さな港町である。原子爆弾で消滅したヒロシマを通過しなければ帰れない。

ヒロシマ駅頭で見た光景は、悪い夢のように美しくて、恐ろしかった。折からの夜の雨の中で、数百、数千の燐光《りんこう》が暗く燃えていたのである。その燐光のあるところ、ヒロシマの死者たちが横たわっているのである。

ほんとうに、打ちのめされた思いで、膝ばかりがガタガタとふるえた。そのとき、その無数の燐光のゆらぎのかなたから赤ン坊の泣き声が聞こえたのだ。

ああ、こんな地獄の光景のただ中で、産まれ出て、しかも生きようとしている生命《いのち》がいる――。

十六歳の少年たちは、ただわけもなく涙を流した。

瀬戸内海を連絡船にゆられて、ようやく故郷の家に帰ってきたら、家では、十人ほどの大人たちが集まっていた。毎月ひらかれていた俳句の会である。医院の先生をはじめ、時計屋、表具屋、呉服屋、畳屋さんなどだ。

「よう帰ってきたのう。さあ、あんたも一句、ひねってみんさい」

やっと私は、町の商店の子に、かえったのである。そしてふと気づく。

今まで気がつかなかった降るような蟬の声が、私の鼓膜をふるわせている。

――一夜あかしたヒロシマでは、蟬の声はなかった。聞いたのは赤ン坊の声だけだった。

私はその句会で、しぼりだすようにして、一句、つくった。

『生きたくば蟬のよに鳴け八月は』

句会の大人たちは、私の一句を、清書して床の間に飾ってくれた。

やがて夕暮れて、家々の窓から懐かしい明かりがこぼれ、何か煮る匂い、卵を溶いている音、何か刻む音、誰かを遠く呼ぶ声、子供の笑い声、泣き声――暮らしの懐かしくも、素晴しい音楽があふれてきて、私の体から戦争が消えていくではないか。

それが私の終戦でした。


（2013年1月）

「宮沢賢治」からの贈物

佐野眞一

宅配便はよく来る方だが、驚いた宅配便が来た事がある。

話はいまからざっと二十年前にさかのぼる。私はその当時、『遠い「山びこ」』という作品にとりかかっていた。

昭和二十六年に出版され、ベストセラーになった『山びこ学校』というテーマを思いついたのは、ちょうどその頃、父が死んだからである。その通夜の席で、従兄弟の一人が、父と『山びこ学校』教師の無着成恭《むちゃくせいきょう》は縁戚らしいと言い出した。その話は以前にも聞かされていたので、さして気にもとめなかった。

ただ、はるか昔に読んだ『山びこ学校』と、東北に生まれ働くためだけに生きてきたような父が、どこかで結びついているような気はした。

父が死んだ頃、息子が高校に進学した。息子が持ってきた卒業文集を開いて愕然とした。その作文は、息子のものも含め、どれもこれも同じ鋳型から抜き出されたような文体だった。

『山びこ学校』の冒頭を飾る「雪がコンコン降る。人間は　その下で暮しているのです」と比べると、息子が持ってきた卒業文集は、生活感がまったくなかった。

文章の持つ力はなぜこれほどそこなわれてきたのか。それが新しいテーマとなった。いうなれば死んだ父と息子が、『山びこ学校』について書け、と私に命じたようなものだった。

『山びこ学校』で最も有名なのは、「僕の家は貧乏で、山元村の中でもいちばんぐらい貧乏です」という書き出しからはじまる「母の死とその後」である。

「母の死とその後」は文部大臣賞を受賞したこともあって、これを書いた江口江一《えぐちこういち》少年は一躍有名人になった。だが、江一少年はおごることなく、中学卒業後は村の森林組合に勤めた。

彼の夢は、森林を植え、貧しい村を少しでも豊かにすることだった。だが、その夢は潰えた。あと六日で三十二歳になるという朝、妻と二人の子を残して短い生涯を終えた。森林組合の事務所で会った、江一の一年先輩の職員の話が忘れられない。

「山を見ましたか？　すごい緑でしょう。みんな江一さんが植えたものです。もうとっくに間伐しなきゃならない時期にきているんですが、みんな都会に出て行ってしまい、村には木を間伐できるような若者がもう一人も残っていないんです」

『遠い「山びこ」』が完成し、取材に協力してもらった関係者に本を送ってしばらくした頃、わが家に宅配便が届いた。

何と米俵だった。そこにつけられた手紙には、かなだらけの文字でこう書かれていた。

「ほん、ありがと。かんじがおおくてよくわかんねけど、なんねんかかんかわかんねえけど、よむ。おらのたんぼでいっしょうけんめいつくった米だ。くってけんろ」

米という文字だけが漢字なのが、せつなかった。

私はそれを見て宮沢賢治の童話の世界を目の当たりにしたような気がした。

そしてその米をすぐ炊き、こみあげてくるものをこらえながらいただいた。

（2013年3月）

――今、東京の空に鱗雲が浮かんでいます。

楊逸

テレビをつけたまま、ソファーで寝ぼけ続けていたある朝、気象予報士のそんな言葉を耳にした途端に、忽ち目が覚めた。

東向きの窓から射しこんだ朝陽をかいくぐるようにして、バルコニーに出てみると、果たして頭上の雲は、貝殻を一片一片繋げたパッチワークさながら、繋ぎ目に空の藍が洩れ、また「貝殻」にあたる部分には陽ざしが透けて流れていくのだった。夢幻的なその美はまさに海水と戯れる魚の鱗なのではないか。

雲を表す言葉の語源について、本で読んだことがある。たとえば、日頃よくつかわれる「羊雲」。これは意外にも外来語であるという。古代の日本には羊がおらず、ゆえに「今の雲、羊に似ているじゃないか」的な発想もありえなかった。

なら日本の空に羊雲が浮かんできたらどうする？　――魚を活用するのだ。だって日本は海に囲まれているもの。いわし雲、さば雲、鱗雲等など。

ちなみに、羊雲という言葉が生まれたのは、遊牧民族が多く住む大陸の奥地だったらしい。――茂った大木に寄りかかって座る放牧の女の子が、草を齧る羊を遠目で眺めながら、口喧嘩した恋人のことを頭に浮かべる。気持ちがにわかに暗く重くなってきたと思うと、なぜか空も陰り始め、頭上に羊がたむろでもしているような雲が……。

一旦雲を考えだすと、脳みそも雲さながら勝手に動き出し、そんな情景を想像してしまった。

ところで、この冬東京は七年ぶりの大雪に見舞われた。寒い地方出身の私は、日本に来るまでに知っていた雪とは、さらさらとした、水分を少しも感じさせない、もし手のひらに舞い落ちたら、六角形という雪結晶の形が目でしっかり確認できるようなものだ。

あるとき、日本に住む親戚から送られた写真の中に、雪の中で楽しげに遊ぶ従妹の姿を写した一枚があった。なんとその手に赤い傘を持っているではないか。私は目を疑った。寒い雪の中で遊んでいるのに、必要もないその傘は邪魔でしかない。いくらおしゃれが好きと言っても、子どもが遊んでいるときくらいは楽にさせた方が……。

という戸惑いは、来日後最初に経験した雪で、一気に解かれた。一口に雪と言っても、東京で降る雪と我が故郷のそれとは全く異なるもの。東京のものは、半固体の雨とでも言おうか。

空中で悶々と彷徨っていた水滴たちが、互いに出会いがしらで中途半端に手を繋いで落ちてきたような、つまり仲間として溶け合ったり結束したりして固まるという段階を経ておらず、結局、途中から崩れそうになり、溶け始めるように思えた。

東京の雪ではないが、私の好きな歌「津軽恋女」の中で七つの雪が歌われている。――こな雪、つぶ雪、わた雪、ざらめ雪、みず雪、かた雪、春待つ氷雪、――暖かい国であるだけに、雪の表情も豊かなのだ。

（2013年5月）

夜

西 加奈子

　十年前に上京してきたとき、下高井戸に住んでいた。家は駅から歩いて30分かかった。桜並木を越えた住宅街にあるボロアパートで、アパートの裏には畑があった。

　私は怖くて、夜アパートから出ることが出来なかった。その前は、大阪に住んでいたのだけど、深夜だろうが、明け方だろうが、嬉々としてそこいら中をウロウロしていたし、夜が怖いと思ったことなどなかった。でも、そのときの私は、深夜どころか、夜の7時でも、外に出るのを怖がった。徒歩10分のスーパーに行くことすら出来なかった。桜並木なんて、歩く気も起こらなかったし、渋谷や新宿みたいな、夜でも明るい場所に行っても、関係なかった。ずっと怖かった。

　治安の問題ではない。大阪と東京で、危険なことはそうそう変わるものではないし、夜の7時なんて、夕方の延長だ。でも私は、東京の夜が怖くて仕方なかった。空が暗くなってゆくことが怖かった。夜の闇は、私が孤独であることをまざまざと見せつけた。明るい電飾や街灯なんかでは覆せなかった。

やっと外出できるようになったのは、数週間経った頃だ。アルバイトが決まり、友達も出来始めた。飲みに誘われるようになり、深夜に帰宅することがぽつぽつと増えると、もう夜は怖くなかった。深夜の桜並木なんて、人がいない方がかえって気持ちが良く、私はことさらゆっくり歩いて、木々のあわいから見える月を、ぼんやりと眺めたりした。孤独は闇に滲んで、もう私を脅かさなかった。

海外に行くと、初日の夜に、外に出てみる。治安の問題ももちろんあるけれど、知る人のいない未知の場所で、夜の闇に出会うことは、私にとってとても勇気のいる行為だ。人がたくさん歩いていても、電飾がきらびやかでも、孤独は、キューーっと私の胸を締め付ける。自ら望んで来た旅なのに、怖くて涙が出そうになる。帰りたい、と思う。

ならどうして私は、旅に出るのか。

未知の世界を知りたいという欲求以上に、私はこの孤独をこそ求めているような気がする。上京して十年経った。私はもう、夜、道の真ん中で涙ぐんだりしないし、膝を抱えて座りこんだりしない。深夜の新宿を眩しすぎると思うし、月のない夜の闇に親しみを覚える。東京にいる私は、ちっとも孤独ではない。

孤独でなくなった私は、孤独のことを懐かしく思い出す。孤独は、私を寂しい思いにさせたけど、決して意地悪しなかった。おかしな話だけど、孤独はあのときの私を、きちんと守ってくれていた。十年前の私をすっぽりとくるみ、背中を押してくれたのだ。

海外で出会う孤独は、十年前に出会った孤独とは違う。でも、やはり私をすっぽりくるみ、背中を押してくれる。私は帰国してすぐ大好きな人に会いにゆき、小説を書くのだ。

この文章を書こうと思ったのも、やっぱり、夜歩いているときだった。


（2013年7月）

丸い猫

平田俊子

その店には座布団の上で丸くなって眠る猫がいた。淡い灰色の猫だった。まだ幼くて、生後二、三カ月ぐらい。猫が寝ている座布団は人間の子ども用のより小さかった。飼い主の手作りだろうか。可愛がられているんだな。

うちから歩いて十分ほどのところにある店だった。入口はガラスの引き戸だった。引き戸の向こうには土間があり、その先に板の間があった。猫の座布団はいつも板の間の真ん中に置かれていた。きっと看板猫なのだろう。その店の前を通るたび、わたしは中をのぞいては猫を見た。

小さな琴が店の奥に並んでいた。和楽器を商う店らしい。落ち着いた佇まいとのんびり眠る猫がよく似合っていた。が、あるとき、店の看板を眺めてぎょっとした。三絃という文字があるではないか。琴だけでなく、三絃つまり三味線もこの店では売っているのだ。

三味線には猫の皮を使うという。ひょっとしてこの子はいずれ三味線になる運命なのか。そんなこと、考えたくはない。でも三味線を売る店で猫に無駄飯を食わせるだろうか。酪農家だって可愛がって育てた牛を肉牛として出荷するではないか。好きなだけ猫を眠らせるのも、そのほうがいい三味線になるからかもしれない。

この子には猫のままでいてほしい。楽器になんかなってほしくない。ずっと子どものままでいたら楽器にされることはないだろう。神様、この子が大きくなりませんように。ふだん神仏なんか信じてないのに、こういうときだけ神様に祈る。

それからはどきどきしながらガラス戸の向こうをのぞき、猫が無事でいることを確かめてはほっとするようになった。祈りが通じたのか、猫はいつまでたっても子どものままだった。

どうもおかしいとある日気づいた。大きくならないにも程がある。いつ見ても丸くなって寝ているのも妙だ。たまには仰向けで寝たり、目を覚ましてあくびをしてもよさそうなのに。もしかするとこの子は作り物なのだろうか。店に入って猫を撫でればはっきりする。でも和楽器など触ったことのない人間には、その店の敷居は高かった。

モヤモヤする気分が続いていたある日、夕方その店の前を通りかかると、中学生ぐらいの女の子が出てきた。この店の娘さんだろうか。お客さんだろうか。どっちにしても真相を知っているはずだ。わたしは思い切って声をかけた。「あの。すみません」その子はくるりと振り返った。大きな丸い目が猫のようだった。「あそこにいる猫なんですけど本物ですか。作り物ですか」「作り物です」あっさりとその子は答えた。「母の友だちが作ってくれたんです」「そうなんですか。本物そっくりですね」

平然と答えながら、わたしは内心がっかりした。目を細めて猫を見ていた日々は何だったんだ。でも三味線にされる心配はなくなったから、猫のためにはよかったのかもしれない。真相がわかりモヤモヤに片がつくはずだったのに、かえってモヤモヤした気分になった。

（2013年11月）

思いがけない喜び

植松三十里

女性にとって、母になる喜びは至上のものだと、一般には信じられているが、私が娘を産んだ時には、正直なところ、「やれやれ、これで陣痛から解放される」と思うばかりだった。まして生まれたての赤ん坊は顔がむくんで、往年の大横綱、北の湖に土がついた時のよう。ちっとも可愛くないし、がっかりしてしまった。

育児放棄でもするんじゃないかと、亭主は心配したのか、しきりに「可愛いよ、可愛いよ」と連発。しかし母乳を与えると乳首は痛いし、夜は寝ていられないし、それでいて病気にでもなって死んじゃったりしないか、もう心配でたまらず、出産も子育ても喜びどころか、むしろ苦行だった。

それでも少しずつ可愛くなり、娘が二歳になった頃、初めて遊園地に連れて行った。小さな子供用の汽車に乗せて、夫婦で線路脇に立った。娘は少し不安そうだったが、汽車が動き出し、私たちの目の前を通り過ぎる頃には、満面の笑顔になっていた。私は手を振りながら、自分も笑顔になっているのに気づいた。子供が喜んでいることが嬉しいのだ。そして、これが親になるということなのだと、初めて自覚した。

私は作家デビューが遅くて、四十八歳で歴史小説の新人賞を頂き、今年で十年になる。若手の方と違って、後の時間が限られているので、とにかく書きまくり、なんとか著作は三十冊近くまで増えた。

ほとんどが歴史小説なので、実在の人物を主人公にする。何かの分野で頑張ったのに、歴史の中に埋もれてしまった人や、歴史的な評価の低い人を、好んで題材にする。そういう人にも言い分があるだろうし、「有名人は、今さら私が書かなくても」という思いがあるからだ。

最近、読者の方々から「読んで勇気をもらいました」とか「私も頑張れそうな気がします」などという感想を、頂くようになった。私は不思議な気がした。作中で「頑張れ」と書いたことは一度もないし、励ましのメッセージを込めた覚えもない。どうして、そんな大層な感想を持って頂けるのか、首を傾《かし》げた。

でも次第にわかってきた。有名人だと遠い存在だが、私の主人公は、無名ながらも頑張った人なので、自分を重ね合わせやすいらしい。それは私の手柄ではなくて、その人物の手柄である。私は、その人物を掘り起こし、その真摯な生き方を紹介しただけだ。

ただ私は書くことが好きで、小説を書いてきた。子供の頃から、お話を書く人になりたくて、ずいぶん長くかかってしまったけれど、なんとか夢がかなった。その結果、人を励ますことまでできたとは、思いもかけなかった喜びだった。

それは娘の笑顔を見て、嬉しいと思った時と、少し似ている。家族であれ、見ず知らずの読者であれ、自分が、ちょっとでも人の役に立てているという自覚。それは自分の夢をかなえるよりも、もっと幸せなことなのだと、私は、この年になって初めて気づいた。

（2013年11月）

言葉の力

坂之上洋子

私は十五年以上、海外で暮らしてきました。なので、日本人の習慣を客観的に見る経験が多くあります。ほとんどは、日本人の奥行の深さや、美しさを再認識することばかりなのですが、ひとつだけ、日本人の多くの方が何気なく使っているコミュニケーションで気になることがあります。

それは、出会った瞬間にかけられる「疲れてない？」とか「顔色悪くない？」という言葉。それを受けて、「そうなの。最近忙しくて」というような軽快なコミュニケーションがとれればいいのですが……。私の場合、そう言われる度に水を頭からバッサリかけられたような気分になってしまいます。

たぶん、そう言われる時は、確かにちょっと疲れていたり、少し落ち込んでいる時が多いからなのかもしれません。

でも、せっかく人に会うのだから、気分をあげて楽しい時間を過ごそうと出かけてきているのに、会うなり「疲れてない?」「顔色悪くない?」と言われると、「すぐにわかるぐらい疲れた顔してるのか」と再確認させられ、なんだか現状よりも落ち込んでしまうというわけです。

さらに、もしその日、自分が別に疲れてないと感じている場合ならもっとがっかり。でも、相手の方は、まったく悪気がないのもわかっています。そんな微妙な変化にまで気がつくぐらいあなたのことを気遣っている、という実は思いやりのコミュニケーションなのですよね。

でも、このコミュニケーションは、かなり日本独特なので、少なくとも米国では使わない方が無難です。時々この言葉をそのまま直訳して、You look pale. Are you all right? なんていう人がいて、言われた米国人が相当に戸惑っているのを何度も見てきました。米国では一般的に、人に会うと、何かしら相手のことを褒めるというのが習慣だからです。

そして、疲れていたり、落ち込んでいそうな人に対しては、ことさら、その人が明るくなれそうなことを伝えます。「ブラウスの色が素敵」だとか、「この間のプレゼン良かったよ」等。だって本当に顔色の悪い、元気がなさそうな人がいれば、単に「何かあった?」what's up? とだけ聞けばいいですしね。

米国人の友人たちが、会う度に気軽に褒めてくれるので、私もいつからか、会う人の何か良いところを、ちゃんと見つけて言葉にしてあげたいという気持ちになりました。

そして、この習慣が身についてから、私は言葉の力が身にしみてわかるようになりました。褒めることで、友人の表情がぱっと明るくなったり、落ち込んでいた人が元気になって帰ったり。なんだかこちらまで気分が良くなります。この場合の重要なポイントは嘘を言わないこと。本当に心から良いな、と思うことだけを言葉にする。それがとても大事だと思います。

無意識に使っている、ネガティブワードを封印したら、ちょっとだけ落ち込んでいる友人たちを、沢山元気にしてあげられるような気がします。

（2013年11月）

三つ子の物欲、百まで

恩田陸

巷ではずいぶん前から断捨離が流行っているのであるが、私は相変わらず物欲の塊である。といっても、車だの服だの宝石だのには全く興味がない。

例えばストラップである。日本人のストラップ好きは根《ね》付《つけ》に由来するのではないかという説に同意するが、私は買うのが好きなのであって、付けるのはそんなに好きではない（使ったらなくすかもしれないし）。最近はどこに行ってもご当地キティちゃんとかご当地チェブラーシカとかものすごく種類がいっぱいあって、子供の頃からファンシー文具で刷り込まれた「可愛いものが欲しい」欲は、秋には齢五十を迎えようとしているのにいっこうに治まる気配はなく、旅先や取材先の駅で見つけるとほいほい買ってしまう。いや、正直に言うと、駅や土産物屋に行くと必ずご当地ストラップを探す癖がついているのである。また、このごろでは、どこの寺社仏閣でも、ぐっと来るデザインのストラップをいろいろ売っているので侮れない。去年いちばんぐっと来たデザインは、鎌倉建長寺の烏天狗のストラップ。ちょっと三白眼気味の表情と立ち姿が素晴らしい。

例えばブックカバーである。本に挟むしおりも同様。どちらもたくさん持っているのに、結局使うのは馴染みの一、二種類。なのに、いいデザインだと思うとつい買ってしまうし、広告など綺麗で丈夫な紙があると夜中にせっせとブックカバーにし、ファストファッションの服のタグが「これしおりになるな」と思うと、紐を付け替えたりして一人悦に入る。引き出しにはこれらがぎっしり入っていて、時々出してうっとり眺めるだけ。

例えばポーチである。女の人の袋モノ好きは誰でも覚えがあると思うが、店先で「売るほど持ってるじゃないか」と自分に突っ込みを入れているのに、可愛いポーチがあるとついレジに運んでいる。マチ付き、マチなし、ビニール、布、なんでも欲しい。袋モノというのは広範囲に亘る。がま口や筆入れ、トートバッグなど、類似のものを挙げればきりがない。

例えばクリアファイルである。どうしてこんなに好きなのかと自分でも思うほどだ。仕事で送られてきた契約書の入っている半透明のクリアファイルですら、手に取るとうっとりする。美術館グッズでも、このごろでは必ず展覧会オリジナルのクリアファイルがあるのは、私を狙っているのかと思うほどだ。細長いファイルはチケットホルダーにいいよね、とこれまた自分に言い聞かせるのだが、既にチケットホルダーを山ほど持っているので、もちろんお約束の言い訳だ。これもまた、溜め込んだクリアファイルを並べて楽しむ。最近いちばんのお気に入りは浅草花やしきのレトロなデザインのクリアファイル。「東京名物ローラーコースター」のイラストを見ているだけでうるうるしてしまう。

思えば、子供の頃から漫画雑誌の付録やファンシーグッズを使わずに溜め込んで眺めていた。引越の際に、母親に騙されて処分されてしまったのが、今でも心底惜しく悔しい。

（２０１４年１月）

使い尽くす

吉行和子

終わりが来るまで使い尽くす、これは気分のいいものなのだが、なかなか難しい。電球などは、こちらが考えなくても、切れた時が終わり、とはっきりしている。ああ、十分使命をまっとうしたのだ、ご苦労さま、と取り替える。マヨネーズとか、ハンドクリームとか、ああいう容器に入っているものは難しいし、また見極めるのも面倒だ。まあ、この辺りで、と捨ててしまう。

私は近頃、自分を使い尽くす、ということに頭がいっている。ここまで来たら、女優として使えるだけ使ってみたらどうだろう、どういう状態になるのだろう。空恐ろしい気はするが……。そう考え出したのは、ここに来て、つまり女優生活六十年が経ったのだが、やっと〝演《や》っている〟という実感が得られ出したからなのだ。遅すぎる。

十代の終わりに劇団に入り、女優にはむいていないと分かりつつ、恵まれた演劇生活を続け、三十代に独り立ちしてからも舞台は演り続け、舞台の合間には、テレビや映画にも少しは出ていた。与えられたものは一生懸命演っていたが、それほど楽しいとは思わなかった。やはり、周りの人達よりも、むいていない自分を感じていた。

七十代に入り、舞台をやめる事にした。もう引き時だと思ったからだ。『それから』という夏目漱石の小説がある。男は時機を逸して、土壇場で自分が愛していた女性がはっきりする。あの感じだ。何か遠くの方にいたと思っていた女優業が、すっぽり身体の中に入って来ていることに気がついた。趣味もない私にとって、役に扮している時間が一番充実していたのだ。

気に入った脚本を見つけて手作りしていた舞台以外の役は、他人が与えてくれるものだけだ。舞台がなくなったら、さて、どうなるのだろう、と半ば不安、ちょっと興味、宙ぶらりんの状態が少しあったが、思いのほか沢山のチャンスを頂けた。高齢化社会のおかげだが、高齢女性の生き方に日が当たり出したのだ。高齢でも、こんな生き方をしている人がいる、というのが描かれるようになった。演りがいのある役があり、面白い。しかし、老いは確実にやって来ている。どこまで続けられるか。

そんな時、『あなたを抱きしめる日まで』というイギリス映画を観た。実話を映画化したものだが、主演のジュディ・デンチがとてもよかった。彼女は世界一の大女優だから、何を演っても飛び抜けて上手い。でもこの映画ではいつもと違う雰囲気が漂っていた。後で知ったのだが、その頃、視力が落ち字が読めなくなっていて、出演依頼の台本を読んでもらったそうだ。だがそれによってかえってイマジネーションが膨らんだという。「私の辞書に引退という字はありません」と語っている。彼女は女優としての自分を使い尽くしていくつもりだ。私も、と、おこがましいのは承知だが、この心意気をお手本に、よし、使い尽くしてみよう、という気になっている。

（2014年7月）

形あるもの

青木奈緒

最寄り駅へと向かう途中、骨董屋さんの前を通る。

その店が越して来たのは十年ほど前だろうか。はっきりした記憶はないのだが、夫のひとことで興味を持った。「毎日どんどん売れる商売じゃないだろうけど、それにしても客が入っているのを見たことないよね」という。確かにいつもひっそりと、主とおぼしき人は店の奥にじっと座っているばかり。宅配便の梱包された包みがたくさん置かれていることから、ネット販売専門の店なのだろうか。夫はその後も不思議がっていた。

それから一年ほどして、ふいに謎が解けた。

面識はないが、時おり読んでいる同世代の女性のブログにこの店を訪ねた話が載っていた。壊れてしまった陶器の修理を頼みに行ったというのである。漆を使った金継ぎ、銀継ぎと呼ばれる手法で損なわれた部分を修復するのだが、その仕上がりは瑕跡《きず》ではなく、景色に見立てることができるほど美しい。

近所にそんな専門の工房があったとは、なんと思いがけないことだろう。新鮮な驚きとともに、ひと筋の光が射し込んで来る思いがした。我が家にも欠けたからといって捨てられず、破片をそっと薄紙に包んだままにしているものがある。祖母が求め、そして壊してしまった十客揃いの小鉢のひとつ。義父が好んで使っていたという杯。これらをもとの形にもどすことができたら、どんなに心和むことだろう。

さっそく店を訪ねてみると、「やあ、いらっしゃい」と主はまるでなじみの客のように迎えてくれた。作業の合間に手をゆるめていることがあって、店の前の人の行き来を眺めている。「だから近所に住んでいる人のことはなんとなくわかるんです」。見ているのはこちらばかりと思ったら大間違いだ。

すっかり気が楽になって、こちらの事情を打ち明けた。主はさっそく持参した割れものを仔細に眺め、「できるだけやってみましょう」と請け合ってくれた。

このご主人はかつて別の場所で骨董屋を営みながら、独学で金継ぎをするようになって三十年。当初は仲間内の依頼を受けていたが、今では一般のお客が多くなったという。買替えた方が安あがりとわかっているものでも、使いつづけた愛着があって手放せないという人が増えている。一方で、高価な器を使うお料理屋さんが、段ボールいっぱい送りつけてくることもある。「前に修理したものがまた新たに壊れてもどってきたり。時々、どういう扱いをしてるのかなと思うことがありますよ」

形あるものはいずれは壊れる。この道理があるから、歳月を経て伝えられたものに感謝の念も湧くし、儚さと美しさは同義でもある。うっかり手を滑らせる瞬間は誰にもあり、取り返しのつかない事実に直面すると、しょんぼりとうなだれる思いがする。

金継ぎはそんな心の痛手までやさしくいたわってくれる伝統の技術だ。もしもの時に助けてくれる人がいると思うと心底有り難い。けれど、だからこそ指先には神経を使ってぞんざいな扱いはすまいと、見事に修復された器を手に思っている。

（2014年9月）

過去から見る未来

赤川次郎

山のように買い込んで、見ていないＤＶＤが並んだ我が家の棚を眺めていて、先日ふと目に止った一本を取り出して見た。

一九七一年のアメリカ映画、『ラスト・ショー』。当時、日本でも外国映画の第一位に選ばれた傑作だ。

アメリカ西部のさびれた田舎町。ただ一軒の映画館が、後継者がなく、閉館することになる。その最後の上映が、原題の『ザ・ラスト・ピクチャー・ショー』である。高校を出ても行き場のない少年たちの、やり場のない焦燥感。憧れの女の子を巡る乱闘。高校教師の夫に構われない孤独な妻が高校生との情事に溺れる……。

何もない荒涼とした風景の中に、繁栄から取り残された田舎町の人々のドラマが描かれる。今見てもモノクロの画面が心にしみる名作である。

このDVDを買ったときには気付かなかったのだが、製作から何十年もたって、監督や役者たちにインタビューした映像が特典として付いていた。この作品からは、ジェフ・ブリッジス、シビル・シェパードなどのスターが育っている。

監督、ピーター・ボグダノヴィッチのインタビューは、やや重苦しいものだった。ボグダノヴィッチにとって、『ラスト・ショー』は監督第二作。この前には『殺人者はライフルを持っている!』という低予算のB級アクション映画があるだけだ。

演劇や小説と違って、映画は感性の生み出す部分が大きく、その点では音楽に近い。年齢《とし》をとったからいいものができるとは限らないのである。

ボグダノヴィッチも、「こんなに早く傑作を撮ってしまうと、後が大変なんだ……」と苦い口調で語っている。『ラスト・ショー』の後、話題になったのは、テイタム・オニールが史上最年少でアカデミー助演女優賞をとった『ペーパー・ムーン』くらいで、八十二歳で亡くなるまで、『ラスト・ショー』に並ぶ作品は撮っていない。「早過ぎた傑作」が、大きなプレッシャーになっていたことは事実だろう。

『ラスト・ショー』の中で最後に上映されるのは、ジョン・ウェインの西部劇『赤い河』である。アメリカが開拓者精神で、ひたすら前進していた時代を象徴する映画を見せることで、現実の映画館の外の、乾いた風が吹き抜ける町の寂しさを際立たせている。

主人公の若者の一人は軍隊に入り、かつて殴り合いをした友人と固く抱き合って別れる。

考えてみれば、行き場のない若者たちの閉塞感は、今の日本の空気とも似ている。アメリカの「負の部分」を追いかけている日本。

非正規労働者が溢れる一方で、仕事のない若者たち、老いた親の介護による失業……。政権がこの現実に何も手を打たないのは、若者たちが「軍隊にでも行くしかない」状況を作りたいからなのかもしれない、とふと思った。


（2014年9月）

旅と功徳

山口　晃

当方都内在住、四十半ばの絵描きだ。居職《いじょく》であるからして、真面目に仕事をすればする程、昼日中から家に居ると云う事になる。ときどき、疲れた目を休めようと窓を開けて遠くを見やるのだが、下の公園には子連れのお母さん達が集うて居たりして、それが、何となくこちらを見ない様にしている——私が、見てはいけない人認定を受けている——気がしてならない。

日頃は「所詮絵描きさ」などと、無頼を気取った心持ちで居ても、子供に対してはどうもその辺り鈍りがちで、「仕事中の一休み」をアピールするべく肩や首など回してしまう。こんな時、一目でそれと判る服装の職業が羨ましいが、なに、絵描きだって例の「ベレー帽にべろんとした上着」と云う、すこぶる記号性の高いコスチュームが無くもない。無くもないがしかし、泥棒ヒゲの泥棒を見た事が無いのと同じ原理で、このスタイルの絵描きを見た事が無いし、多分着ている方が怪しい。

そうやって居職を続けていると、ああ何処かへ行きたいと云う思いが募ってきて、ほんの近所の散歩でさえも何やら楽しくて仕方ない。居職に付合わされるカミさんからすると、そんな近所でお茶を濁すな、外国へでも連れてけ、となる様で、「家庭の平和教」の敬虔な信徒としては、そうですか、ではイタリーなど如何でしょうと提案する事となる。無頼な心持ちの割には、世間の目やそれ以上にカミさんの機嫌が気になる私は、こうして費用と荷物は私持ちの旅に出掛けるのである。

去年の夏はそのイタリーに行って、フィレンツェ、コルトナ、ヴェネツィアと回った。フィレンツェもヴェネツィアも言わずと知れた大観光地で、アルノ川沿いのホテルからの眺めに、夜のサンマルコ広場のムードに、カミさんの仏頂面は緩みっぱなしであまつさえ、「ステキ！」などと口走る始末。こりゃあ四万六千日どころの功徳じゃないぞと、平和教信徒としてはほくそ笑む訳だが、心弾んでいるのはカミさん同様だ。

この旅の一番は丘の上の小さな町コルトナで、「フィレンツェが霞んじゃう」程の眺めの良さと、不揃いの手打ち麺がもう馬鹿みたいに美味い生ポルチーニ茸のパスタと、司教区美術館にある画僧フラ・アンジェリコ作『受胎告知』の夢の如き美しさが忘れられない。そんな事どもに触れて、「きれいだねぇ」とか「ああ旨い！」とか「好いなぁ」などと、それこそ何の工夫も無い事を他愛なく言い合う時、しみじみと幸せである。

合間のスケッチがまた楽しい。誰に見せるでもなく飽きたらやめる。スケッチの描線に導かれて眼下の風景やら路傍の花やらに眼で触れてゆく時、初めてものを見ている実感が湧く。旅は非日常かもしれないが、旅先のそんな幸せや実感にこそ、むしろ純化された日常のある気がする。「そうか、私はこんな風に暮らしたかったんだな」その事である。

さて、帰ってみれば四万六千日どころか四、五日ともたずに仏頂面に逆戻りのカミさんだが、「あれ旨かったなぁ」と言うにニヤリと頷き返すあたり、少しは功徳を積めた様である。


（2014年9月）

平凡を非凡に生きる

渡辺和子

修道院に入ったからといって、すぐ修道者になれるのではない。カトリックの洗礼を受けていることを前提として、その後いくつかのステージを通らなければなれないのだ。

入会をした後、まず一年近い志願期を過ごす。そこを無事通過すると、修練期が二年程。その後ようやく、清貧、貞潔、従順の三誓願を立てることが許される。これら誓願は、一年毎に数回更新するので、この間は、有期誓願者と呼ばれ、この間に還俗《げんぞく》する人もあり、修道会が退会をすすめることもある。この後ようやく、三誓願を一生守り通す約束をして、修道者になるのである。

家庭の事情もあって、三十歳近くまで働いてから修道院に入った私は、英語が使えることもあって、たった一人の日本人修練女として、ボストンの修練院に派遣され、百名近いアメリカ人修練者たちの中で一年間生活した。朝五時起床、夜九時就寝の間の時間は、ほとんどが命ぜられた単純労働に費やされた。

ある夏の昼下がりのことだった。私は、与えられた夕食の配膳をしていた。一つひとつのパイプ椅子の前のテーブルに皿、コップ、フォーク等を並べるのである。

いつの間にか背後に修練長が来ていて、私に「シスター、あなたは何を考えながら仕事をしているのですか」と尋ねた。咄嗟のことでもあり、「別に何も」と答えた私に、修練長は、「あなたは、時間を無駄にしています」と叱責するのだった。命ぜられた仕事をしているのに「なぜ」といぶかる私に、修練長は穏やかに言った。「同じ並べるのなら、夕食を摂る一人ひとりのために、祈りながら置いていきなさい」

かくてその時まで私は、仕事はすればいい（doing）と考えていたが、仕事は意味あるものとする（being）ことが大切なのだ。時間の使い方は、そのままいのちの使い方になるのだということ。この世の中に雑用はないということ。用をぞんざいにした時に雑用になるのだということを習ったのである。

草取りでも同じであった。むしるのでなく、根こそぎ抜く。それは面倒かも知れないが、非行少年少女の足が、悪の世界から抜けますようにと祈りながら抜くのだ。その時、つまらない仕事は、意味あるものに変わるのだ。

人間の尊さは、このように平凡な行いを、意味あるものに変えることができるところにあるのだ。環境の奴隷でなく、環境の主人となり得ることにあるといえよう。

何も考えないで皿を並べ、草を抜いたとしても、外から見たら、ほとんど同じにしか見えず、時間も同じだけ経っているかも知れない。時間の使い方は、いのちの使い方なのだ。ロボットがするような仕事ではなく、私しか与えることのできない愛と祈りをこめる時、平凡な仕事は、非凡な仕事になり得るのだ。

「ひとも、ものも両手でいただくこと」ある人から教えられたこの心を、大切に、雑用を雑用とすることなく、平凡な暮らしを、非凡な日々にして過ごしてゆきたい。

（2014年11月）

山の便り

鈴木みき

私はそわそわしている。山が好きで山のふもとの町で暮らし始めて5年、風は山の便りを私に送り続けている。私はその便りの大半を読まないようにすぐ引き出しにしまいこむが、心のおくそこではその便りに誘われるまま山に行きたい。

山の便りはいつもこんなふうに私を誘う。読んでしまえば私はまんまと翻弄される。

1月、「スカッと晴れた青空に小雪を舞わせる」。これは巧妙でずるい手口だ。澄んだ青に無言の白い雪面が私の脳裏にちらつく。その潔白な新雪にそっと足跡をつけるのは誰？　その最初の誰かを恨んでしまいそうだ。

4月、「太陽のにおい、土のにおい」。ひどい。枝が散乱する目減りした湿雪面を私に踏み抜かせようとしている。そして踏み抜いた足先のフキノトウを味わわなくては損だと訴えかける。ひどすぎる。耐えられない。

7月、「乾き始めたフィトンチッドを拡散」。ツガやモミの森を抜けた先に、空に延びるハイマツのなかの一本道。もうすぐ山頂……！　ああ、気持ちここにあらず。読まなければよかった。私は針葉樹の匂いが好きなのだ。

9月、「夏の風に氷水を混ぜてくる」。貴女は浮かれた夏を追いかけているようですが、木々はもう店じまいをし葉の色を変えますけど？　とトレンド先取り感を出して私の負けず嫌いを煽る。山のフリース出しておこう。

便りを読むと私は仕事部屋から外を見る。風は言う「なんで山に行かないのさ」。「だって手が離せないもの」と私は短い詫び状を返す。「ふーん……」、配達人は吹き去りながらいつも同じ捨て台詞。

東京に住んでいる時に届かなかったことを思えば、山の便りに山の様子が分かるのには感謝している。しかし山の季節の景色とそれぞれの美しい時間を知っている者にとってはときに酷だ。山の美しさは誰のためでもなく一瞬で終わってしまう。山のなかでは人間が主役ではない。そこがいい。だから私は窓を全開にして仕事をする。寒い、暑いと文句を言いながらも読みたくない便りがいつ届いてもいいように。

一年中、このように私の都合など無視して送られる山の便りだが、とくにこの季節は頻繁に、かつカジュアルな誘い方をしてくる。昨日の暑さには「お中元はやっぱり素麺よりビールでしょう」と私に思わせ、回りくどく登山後の楽しみを匂わせる。今日は急にむーんとさせて、その先の雨の予感に「濡れた若葉の透き通るドロップ色」を目に浮かばせる。マスカットかメロン味だといいな。さて、明日はどんな便りがあるだろう。

……いや、この原稿を書き終えたら明日は誘いにのってみようかと思っている。私の山行きはいつもサプライズだ。訪ねてきた風を明日はガッカリさせてしまえ。「ふーん……」って言うだろうか。だから私はそわそわしている。この文面が浮き足立っていないか少し心配だ。

（2015年7月）

つむじ風に触れないわけ

三宮麻由子

子供のころから触ってみたいものの一つに、つむじ風がある。目で見ていれば、埃や落ち葉が渦巻いて動くのでそれと分かるが、音や手触りでとなると大変難しい。まっすぐ吹く風と違い、つむじ風は突然起きて見る間に止んでしまうから？　あるいは一点で吹くから？　納得できる理由は見つけられないままだった。

私は四歳のときに光とさよならして「シーンレス」（私の造語で全盲の意味）となり、つむじ風を目で見る「シーン」として感じることができなくなった。ならば別の感覚で「触れるシーン」を感じてやろうと、つむじ風が起きたと教えられるたびにすぐさま駆け寄って両手を宙に伸ばし、全身の感覚、特に聴力をフル稼働させてみた。けれど、小さな風の渦巻きは触れも聞こえもしなかった。

ところが、大人になってから迎えたある年の秋、ひょんなことからつむじ風が「触れない」

訳が分かった。９月の終わりごろ、母と買い物をし、自宅マンションの入り口に送ってもらったときだ。

「あっ、つむじ風が吹いてる」

母が何気なく言った。つむじ風と聞けば、大人になったたって素通りはできない。私は歩みを止めてじっと耳を欹《そばだ》てた。つむじ風への私の興味を知っている母も、ピンときたらしい。

「前で落ち葉がクルクル回っている音が聞こえる？」

とヒントをくれた。うん、たしかに聞こえる。私自身の周りには風がないのに、前方で、直径1.5メートルくらいの円の縁を、桜の落ち葉がチカチカチカと音を立てて動いている。円形がはっきりと聞き取れる。

このなかに入ったら、今度こそつむじ風に触れるかもしれない。そっと前進し、円のど真中に立った。すると……。風がふっと止んでしまった。落ち葉はそこにないかのようにすっかり静かになっている。つむじ風は長続きしないのだろうと諦めて、円の外に出た。直後、風が飛び起きた、と思うほど元気なつむじ風が復活した。落ち葉も力を得たりとばかりにチカチカチカと「円周走」を始めた。このチャンスを逃してなるものかと、大股でズンッと中心に入った。と、またしても無風になった。

ここで気が付いた。私が円に入ると体が空気の流れを遮ってしまい、風が渦巻きに吹けなくなるのだ。だから、つむじ風に触ることができなかったのである。

思い当たって円の外に出ると、風が始まった。入ると止まる。出たり入ったりすると、風は予想通りのタイミングで吹いたり止まったりした。落ち葉は、風が生まれるとすぐに円を描き出す。まるで風との遊び場に結界を張っているかのようだ。そこにいると、風と落ち葉の聖域に踏み込んでしまったように思えてきて、なんだか済まない気持ちになった。彼らがふたたび遊び始める音を後ろに聞きながら、私は静々と家に戻った。

つむじ風には触れなかったが、円を描いて動く落ち葉の音は、しっかりと耳に記憶された。つむじ風は「聞くシーン」になったのだ。見ていた母も、楽しそうだった。

（2015年11月）

アンコール

末盛千枝子

私はそれほど音楽会に行くことが多いわけでも詳しいわけでもないけれど、あまり多くない経験のなかで、いくつかの忘れられない思い出がある。

あれは1971年10月のこと、私は仕事でニューヨークのホテルにいた。その日、テレビでは、94歳のパブロ・カザルスが合唱団をバックに演奏する様子を中継していた。彼は、一人まん中のイスに座り、チェロを抱えて、「私の故郷、カタルーニアの鳥はpeace, peace! と鳴きながら飛ぶのです」と言って、「鳥の歌」を演奏した。神聖な時間だった。スペイン内乱、第二次世界大戦をくぐり抜けた老音楽家からの心をこめたメッセージだと思った。あのとき、ニューヨークにいて、あの中継を見ることができたのは、なんという幸運だっただろうか。

もう10年以上前だと思う、アメリカの歌手ジェシー・ノーマンが日本に来たことがあった。最盛期を少し前から彼女の歌に憧れていたので、夫と渋谷の東急文化村のコンサートに行った。最盛期を少し過ぎていたようだったが、圧倒的な存在感で、憧れの歌姫の歌を聴いているという満足感に浸った。

どういうプログラムだったかはもう憶えていないのだが、アンコールでは、何曲も歌ってくれた。最後には、もう伴奏者も連れずに、一人で舞台に戻ってきてお辞儀を繰り返していた。お客さんは、遠慮してかなりの人が帰り始めていたが、歌手も、お客も別れがたかった。彼女がまた舞台に戻ってきたので、夫と私は、ホールを出るのをやめて、様子を見ていた。すると彼女は、自分でピアノに向かい、なんと「アメイジング・グレイス」を歌い出した。よりにもよって、この歌を歌ってくれるなんてと、夫と顔を見合わせた。それだけではなかった。彼女は、歌いながら、帰りかけていた人たちに、近くに来るようにと手招きして、舞台の下に集まった20～30人の人たちに一緒に歌おうと言ったのだ。もちろんみんな歌詞はうろ覚えだけれど、彼女が、少しずつ歌詞を口移しのように教えながら歌ってくれた。みんな子どものように一緒に歌った。素晴らしい夜だった。あれは、「私には、本当に沢山の過ちや恥ずかしいことがあるのに、こんな幸せを頂けるなんて」という歌だ。みんな泣いた。

そして、私が岩手に引っ越してきた翌年に大震災があった。その年の暮れに盛岡でモスクワ合唱団の公演があり、いろいろと懐かしいロシア民謡を聴いたあとで、アンコールになった。きっと、日本の歌、「故郷《ふるさと》」を歌ってくれるのかなと思って待っていると、彼らは朗々と「浜辺の歌」を歌い出した。津波に襲われて哀しみの詰まった岩手で、いま「あした浜辺をさまよえば　昔の人ぞしのばるる」というあの美しく懐かしい歌をである。それを完璧な日本語で3番まで歌ってくれた。それは、彼らの心からのプレゼントだった。アンコールとは、きっと演奏者からのプレゼントなのだ。そして、その思い出はいつまでも消えることがない。

（2016年3月）

どんどん幼稚になっていく

椎名　誠

原宿あたりに沢山の教会があるのをご存じか。この街はそんなにたくさんキリスト教の信者がいたのか？　と一瞬驚くが、聞いてみるとみんな本当の教会とはいえず、結婚式用につくられているハリボテ教会で、通いとか臨時雇いの牧師は西欧人で英語で聖書が読めればそれでいいらしい。

取材と断って中を見せてもらった。三流映画に出てくるようなピカピカのしつらえで、本物かどうかわからないがステンドグラスが「ステキでしょ」と存在を主張している。真正面にこれもいたずらに大きく派手な「十字架」がかざられ、スイッチをいれるといろんな色に変化して、ときおりピカピカ点滅したりする。そこまでやるともう「マンガ教会」むきだしで、笑っちゃうしかない。

なんのためにこういう教会が沢山できているかというと答えは簡単。みんな「結婚式用」につくられた、まあいってみれば「貸しスタジオ」のようなものなのである。
結婚式をどんなところでどんなスタイルでやるか、という希望、選択、決定権は、今の日本では八〜九割を花嫁側が握っているらしい。花婿は「君の好きなところで好きなようにやって」などとデレデレしていればいいのだ。

かくてアルバイト牧師が聖書をたどたどしく読み、賛美歌はみんな口パクというおそろしい展開となり、教会もマンガ的な存在なら参列者もアニメみたいになってピカピカ光る十字架に「アーメン」なんて言っている。田舎からやってきたおじいちゃんなんかは「アーメン」のあとに二礼三拝。こういう風景が現実に毎日おきているのは、今の日本の若者男女の多くが幼稚で、自分の信念に乏しく風潮にのせられやすくなっているからだろう。案内してくれた人の説明によると、こういう模擬教会結婚式にもうひとつ密接に連携しているのが、式のあとの「披露宴」がたいていフランス料理になるという定番コースだった。

かつてぼくも何度かそういう正式料理の宴というのに出席し、無意味に緊張しつつ、左右に威圧的にいっぱい並べられたフォークだナイフだスプーンだなど、どの料理に使えばいいのか左右を見ながら間違えないように苦労したが、まわりの人もぼくと同じように左右をうかがっているようだった。慣れない両手を使った本格的フランス料理のフルコースというのは面倒で食べにくく、リラックスできずうまくなかった。じゃあなんで我々は高い金払って（たぶん）こんな食い物を苦労して食わされなければならないのか。

そのとき思ったのだが、ぼくはこの三十年間、ほぼ世界中を旅してきたが、外国でこんなフルコース料理を食べたことなどただの一度もなかったなあ、ということだった。

ちゃんとした由緒あるレストランに入っても実際には前菜と主菜と副菜を適当に食べている程度だ。フランス料理の本場にいってもそんな程度だから、ぼくが食べたフランス料理の本格的フルコースは日本でだけの体験、というわけのわからない話になる。

（2016年3月）

歌でも読む様にして

堀江敏幸

識字率という物騒な単語がある。これは一般に、ひとつの国の総人口の、十五歳以上で読み書きができる者の割合を意味するのだが、こういう話題になるとかならず、日本の識字率がいかに高いかといった、妙な自慢話をはじめる人がいる。たしかにそうかもしれない。しかし、字を識《し》る力はかならずしも心を識る力に結びついているわけではないのだ。平成の世に入って生じたいくつもの人災において、責任ある立場に置かれた人々が示した立ち居ふるまいを見れば、それは明らかである。

　文字は、そして文字の連なりからなる文章は、どんなにありきたりなものであっても、たんなる情報ではない。いや、情報ではあるけれど、それだけに終わらないなにかがふくまれている。たとえばかつて、消息を知らせる書状や葉書の文面には、文字の読める受取人だけでなく、そのまわりの、文字を読めない者にも伝わる思いがこめられていた。読める人が近くにいるのを当てにして書かれる場合も、めずらしくなかった。

石川県富来《とぎ》に生まれた加能作次郎に、『恭三《きょうぞう》の父』（一九一〇）と題された短篇がある。郷里から東京の大学に進んだ恭三は、夏休みに帰省して、一カ月あまり無為な暮らしを送っている。やるべき勉強にも身が入らず、むなしく散歩をするばかりで、親しい話し相手もいない。だから手紙を書く。日常の些事を、おなじく里へ帰っている友人たちに細かく報せる。返事が欲しいのだ。

ある晩、恭三が散歩を終えて家に戻ると、待ち暮らしていた自分宛ての手紙の代わりに、親族からの葉書と手紙が届いていた。父親は字が読めないので、ふだんは学校に通っている次男坊に頼んで読んでもらっている。しかしその日、酒の入っていた父親は、恭三に読んでくれと頼んだ。「何と言うて来たかい」と問う父親に息子は答える。「別に何でもありません。八重さのは暑中見舞ですし、弟様《おっさま》のは礼状です」

彼らの手紙は「言文一致」ではなく従来の「候文」の定型を並べたにすぎず、意味のあることなど書かれていない、伝えても分からないでしょうという息子に、父親は、分からないから聞くんだと怒る。「六《む》かしい事は己等《おれら》に分らんかも知れねど、それを一々、さあこう書いてある、あゝ言うてあると歌でも読む様にして片端から読《よ》うで聞かして呉れりゃ嬉しいのじゃ」

父親には、すべての言葉が大切なのである。差出人を見れば中身など簡単に想像できるけれど、時候の挨拶ひとつにもいろいろな言い方があって、元気なのは承知していても、そこに書かれていることをありのまま、ぜんぶ教えてほしいのだ。声に出して読んでもらうことで定型は定型をはずれ、情報を超えた感情となる。字の読めることが当然の恭三はそこに気づかず、言葉のやりとりを効率に換算して、説明や要約にかえてしまう。彼の躓《つまず》きは、百年後の私たちの躓きでもある。読み書きとは、本来無駄なことを無駄でなくするための力なのだ。歌でも読む様にして、という父親のひと言が、深く胸にしみる。

（2016年5月）

ニッポンのお母さんパワー　銭湯編

坂井真紀

あれは確か私が小学校低学年の頃だったと思います。近所の銭湯に行くことはちょっとしたイベントで、しかもその日は歳が2つ下の妹と2人だけのアドベンチャー。と言いましても、顔馴染みの銭湯ですし、銭湯でのあれやこれやも余裕でこなし、さあ洗髪も済ませてしまおうと、まず下を向き、後頭部のあたりから髪の毛を濡らし、さてシャンプーをつけましょうと姉妹揃って濡れた長い髪をテレビコマーシャルのごとくバッサ～っと後ろにやりました。すかさず後方で体を洗っていたおばさんに怒鳴られました。「何やってるの！　後ろの人に水がかかるでしょ！　気をつけなさい！」と。確か、知らない人に怒鳴られた衝撃で「ごめんなさい」も言えなかったと記憶しています。

実は、先日も再び銭湯にて。私と4歳の娘がお風呂からあがり脱衣所への扉を開けた時のことです。すぐ目の前で着替えてらしたおばあちゃんに叱られました。「ちゃんと体をふいてから出てきなさい！」と。私と娘はお風呂場に戻り体をふき直しました。「ふいたのにねぇ」なんて言い訳を小声で言っていると、おばあちゃんは脱衣所から顔を出して「一滴も残さずふくのよ！」と言いました。私は素直に「はい」と言って、娘と一緒に一滴も残さないように体をふきました。

子どものうちならまだしも、もうアラフィフになろうっていうのに、こんなことで叱られてしまい全くお恥ずかしい話ですが、叱って頂き心から感謝いたします。幼い頃に叱って頂いたあの時から、洗髪をする時には細心の注意を払えるようになりました。そして「一滴も残さずふく」精神はなんて素敵なのでしょう。いえ、人として当たり前のことですね。子どもを授かり、見たこと聞いたことを物凄い勢いで吸収する姿を目の当たりにすると、伝えることの大切さを痛感して、教えて頂くことの尊さが身にしみます。叱られた私が言うのもなんですが、「おいおい」と思うことをしている人にそのことをちゃんと伝えなきゃ、と切に思うようになりました。だから、子どもの時に叱ってくれたおばさん、先日のおばあちゃんのふるまいを「ニッポンのお母さんパワー」なんて呼んで、その姿に憧れています。ニッポンのお母さんパワーは叱るだけではないのですもの。娘を見れば「いくつ？」なんて声もかけてくださるのです。これは、子どもを持つ親にとって本当にありがたいやり取りです。

かっこいいニッポンのお母さんに憧れる私は、そのパワーが溢れる銭湯にて、まず、ドライヤーで髪を乾かした後に落ちた髪の毛の掃除に奮闘し、ニッポンのお母さんパワー取得の修行中。勝手に「ニッポンのお母さん！　良き背中を見せる作戦！」を試みております。もちろん、水滴を一滴も残さないように体もふき、ついでに洗面台に飛び散った水滴も一滴も残さないよう勤《いそ》しみます。私たちのひとつひとつの行動が、未来に繋がるのだもの、近い将来、「自分の髪の毛くらい掃除して帰りなさい！」って、説得力ある声で言う日を想像しながら、一生懸命がんばります。

（2016年5月）

「いい意味で」

高畑充希

「いい意味で」という言葉が、好きだ。

無責任と優しさがふわっと一緒に包まれていて。ネガティブさえも、一気にポジティブに変えてくれる魔法のコトバ。よくよく考えると〝ありゃ、本当にいい意味なのかしら?〟と首を傾げたくなるときもあるけれど、満面の笑顔とセット販売すれば大抵のことはまあるく纏《まと》まる便利なコトバ。

17歳のとき、舞台に明け暮れていた私に演出家がこう言った。「充希ってほんと感じ悪いよね、もちろんいい意味で」。ん? むむむ? どういう意味だそりゃ。ハテナが沢山浮かんだけれど、発した本人はなんだかニヤニヤ楽しそう。どうやらお褒めの言葉らしい。時々ふと思い出す。言葉の温度差が私の心をつかんで離さなかったのかもしれないな。いまでもじんわり背中を温めてくれる不思議なコトバ。

確かに私は感じが悪い。いや違うちがうっ、悪い部分もあるし、良い部分もある。色んなワタシが綯《な》い交ぜになって、色んな顔を持って、そこから手足が生えて私になっている。皆そんなもんなんじゃないかな、と思う。無償の愛を注ぎたくなるときもあれば、毒をペペッと吐きたくなるときも。お花畑のような人がたまにみせる毒、そのチャーミングさにヤラレてしまうことだって。人を傷つけない毒は毎日を豊かにしてくれるとさえ思う。本当の私とは、一体。

……きっとどれも私なのだ。

そんな私が朝ドラヒロインをやるとなったとき、97％の喜びと3％の焦りがあった。自分の中のヒロインイメージ三箇条は、1．いつも明るく元気　2．とにかく爽やか　3．毒を吐かない。わわ、どうしよう。向いてないかも……。

全てを満たしていない私は途方に暮れた。〝きっと大丈夫〟と〝きっと駄目〟を花占いのように繰り返すうち、ついにやってきた『とと姉ちゃん』。……心配は杞憂だった。私の悩みを吹き飛ばすほど、常子さんはパワフルだった。常子とはもちろん、『暮しの手帖』を創った大橋鎭子さんをモチーフとしたキャラクターなのだけれど、彼女は凄い。私のヒロインイメージを覆すほどのバイタリティと発想力で、うかうかしていると軽く頭上を飛び越え猛ダッシュしていってしまう人。

彼女の背中を必死に追いかけていたら、気づけば私の朝ドラはゴールに辿り着いていた。ゴールテープを切った私はその場に倒れこみ、息も絶え絶えだったのに、常子さんは違った。ここからまた42・195㎞走れるんじゃないだろうか、彼女は。と思った。私には給水所で水を渡してくれたり、途中でテーピングしてくれる共演者やスタッフが居たから完走できたけれど、それがなかったら……あわわ。恐ろしや小橋常子。完敗だった。

壮絶なレースを終え、いま私は燃え尽き症候群だ。なんだかとても清々しく、灰になっている。いい意味で燃え尽きている。

今回はそんなカラカラな私の、もの書きデビューです。花山さん（モチーフは花森安治編集長）が居たら、山ほど赤字を入れられそうな原稿だなぁ。恐いなぁ。どうぞいい意味での赤でありますように！

（2016年11月）

はなさない話

あべ弘士

秋も深まってきました。私が子どものころは、八月十五日のお盆の次の日から秋でした。ちゃんと青空に〝秋〟と白い雲が書いていていました。でもここ10年ほど前から、秋分の日にならないと〝秋〟の気配がやってきません。

さて、今朝の気温はプラス3度でした。この時期になると、プラス、マイナスをきちっと言わないと、判断にこまるのです。マイナス3度になることもあるからです。

ラジオが言っています。

「明日の朝はプラス1度です。霜注意です」

そうなのですよ。ストーブなんです。我家は薪ストーブなのです。母屋もアトリエも、薪ストーブです。原木を調達してチェーンソーで切って、マサカリで割って、積んで……、たいへんなんです。絵なんて描いているヒマありません。原稿書いているヒマありません。猫も手を貸してくれません。朝から晩まで薪、まき、マキです。

でも、これがまた楽しいのです。良い運動になります。

と、私が薪を割っていると、ジーッと見ている誰かの視線を感じるではありませんか。ふりむくと、あっ、キタキツネ！

大きくなったものだ。この春、アトリエのすぐ横の土手の斜面の巣穴で、4頭の赤ちゃんギツネがうまれました。父さんと母さんは、懸命に育てていました。野ネズミを口にくわえて、私の前を横切りました。アオダイショウをズルリとくわえていきました。いつも私なんか無視でした。

もう5年連続で繁殖しています。おかげでキツネの取材費用はゼロ。ああそういえば、エゾリスもモモンガも、カワセミもクマゲラも、鮭も鱒もオオワシもオジロワシも、カモもだれもかれも、みんな私のアトリエの隣人なので、取材費がかかりません。良いのか悪いのか、ちと悩む。

旭山動物園で長いこと飼育係をしていました。もう楽しくて楽しくて。背中に「動物命」と書いて仕事をしていました。

フクロウの係の時です。大きなフクロウを逃してしまったのです。ドアをちゃんとしめていなかった。で、フクロウはお尻でドアを押し、開いて、堂々と飛んでいきました。

「しまった。（いや、しめてなかった）」とさけんでもおそい。無線でみんなに応援をたのみました。「バカかおまえっ」と、先輩の返事です。フクロウは空高くゆうゆうと飛んだのですが、すぐに森じゅうのカラス数百羽がフクロウの上空をカアカアカアと旋回しはじめました。フクロウは前進できず近くの木に止まりました。そのまわりでカラスが騒ぎたてます。

「おっ、あそこだ。アベおまえ木にのぼってフクロウをつかまえてこい！」私はおそるおそる木にのぼり、フクロウをエイッとばかりにつかまえようとしました。その一瞬はやくフクロウは私のその手を、するどい爪でガキッとつかまえました。4本の巨大な爪がくいこみます。

「イテテテッ」その時、下から先輩がさけびました。

「アベよくやった、はなすな！」


（2016年11月）

新入り猫がやってきた

ミロコマチコ

今年の一月末に受けた健康診断で引っかかってしまった。良からぬものが発見されたので再検査してください、と。でも覚悟はしていた。だって検査がものすごく長かったから。看護師さんは慌ただしく何かを印刷したり、ウロウロ出たり入ったりしていた。だから検査したその日から、わたしは死ぬのかも！　と大騒ぎ。とは言ってもまだ何も分かってないので友達や仕事関係の方に言うわけにもいかず、ひとりで大騒ぎ。仕事も手につかず、絶望的な表情で横たわっていたかと思ったら、パソコンに張りついて病気について調べ倒したり、そんなことしても意味ないわ！　と開き直ってみたり。自暴自棄になって家から一歩も出なくなったり、いやいや遊べるうちに遊ばないと！　と飛び出してみたり。躁鬱の激しさも甚だしい。死んだら今飼っている2匹の猫たちともお別れだーと、およよおよよと猫に向かって泣いてみたり、だいたい猫を飼う資格なんてなかった！　と夫に愚痴を言ってみたり。

健康診断から再検査してその結果待ちまで一カ月ちょっと。結果は……問題ナシ！　なのでした。長く続いた不安がパーッと晴れて、診察室で「ヤッター！」と叫びたい気分でした。迷惑かけた夫とも喜びを分かち合い、お祝いにお寿司を食べた。まぁ要はちゃんと健康だったのです。なのに病から復活したかのように喜びに満ち溢れて、わたしって猫飼っていいんだ！となり、猫の里親募集のサイトを見てしまった。捨て猫や野良猫など、保護された猫の飼い主を募集するサイトです。そのサイトを開けた瞬間に、鼻の両脇に黒い斑点がついた白と黒の猫が目に飛び込んできた。ガーン！　と心に火がついてしまった。夫に相談すると、「いいんちゃう？」とあっさり言われて、問い合わせをしてみた。すると三日後にお見合いをすることに。会いに行くと、サイトで見ていた通りの黒いヘンテコなポチポチをつけた生後五カ月の猫が、怯えたように部屋の奥の隅にいた。ああ、めちゃくちゃかわいい……。問い合わせをした時点で、どんなに問題がある子でも飼おうと決心していたので、「うちの子になってください」とご挨拶をした。保護していた方にもその旨を伝えると、「実は兄弟がいるのよ～」と言って奥からもう1匹連れてきた。写真を見たときに一緒に写り込んでいたので、そんな覚悟もなんとなくしていて、「もらい手がいないようだったら一緒に」と伝えると保護主さんはものすごく喜んだ。すごく仲が良いから、できれば一緒にもらってくれる人がいたらと思っていたみたい。

そんなこんなでアッという間にうちに来ることになり、なんと猫が4匹に。心配していた先住猫の2匹との相性も良く、一週間もすると馴染んでいた。

一カ月ちょっとの不安から解放されたら、なんと猫が増えた。再検査がなければそんなことはなかったかもしれない。人間の気持ちってヘンテコだ。でも、これは不安を乗り越えたご褒美だと思っている。猫たちのためにも、ますます健康第一で過ごさねば！

（2017年5月）

目が見えない人の髪の毛

伊藤亜紗

目が見えない人は、あまり髪形を変えたがらない。パーマの女性はいつ会ってもきちんとパーマをかけているし、七三分けのおじさんはどんなときでも七三分けだ。オシャレに興味がある人もそうでない人も、いつだって同じマイ・ベスト・スタイル。もちろん個人差はあるけれど、猫っ毛に悩まされながら、髪形も猫のようにフラフラ定まらない私からすると、ずいぶんと潔く感じてしまう。

いつも同じ髪形だからといって、目の見えない人が髪の毛に無頓着だというわけではない。むしろ彼らの中には、髪の毛に対して、目が見える人よりはるかに深いこだわりを持っている人がいるのである。こだわりがあるから変えられない。その理由を、何人かの当事者が語ってくれた。

一言で言えば、彼らの多くが、髪の毛を「感覚器官」として使っているのである。え、感覚器官？　そう、耳や鼻と同じ、外界の情報をキャッチする手段として髪の毛を用いているのだ。いったい何を感じているのか。そう、風である。そよそよと風が吹けば、その動きにつれて髪がなびく。髪は（厳密には毛の振動を感じる毛根部分は）、空気の流れを検出する重要なセンサーだったのだ。

そうは言っても、風の流れが重要なのは、せいぜい凧揚げのときくらいじゃないか？　と目の見える人は思ってしまう。しかし、彼らにとってはそうではない。髪だけでなく頬の触覚も併用しながら、空気の流れを通して周囲の出来事や環境の変化を敏感に感じとっているらしいのだ。

たとえば地下鉄のホームに立っているとき。電車がやってくると、遠くでトンネルの空気が押し出されて、そっと髪や頬をなでる。このかすかな風が吹くのは、ときとしてゴオーッという音が聞こえるよりも先だから、ずいぶん早い段階で車両の接近に気づくことができる。あるいは道を歩いていて、ふっと空気の流れが変わったら、そこは十字路や広場だ。もちろん、髪や頬の感覚だけでなく、足裏から伝わる情報や、耳でキャッチする情報もまた有力なヒントになる。

そんな重要な感覚器官なのだから、安易に髪形を変えてしまったりしたら、当然センサーのチューニングが狂ってしまう。これが、目の見えない人があまり髪形を変えたがらない理由だ。確かに髪を切った直後は、頭が軽くなったような気がする。あれは髪の毛の重さが減ったからというより、風の感じ方が変わるからだろう。

風を髪で受けるのは気持ちいい。でもときには「気持ちよさ」を超えて推理の力を働かせ、髪というセンサーで街や空間を「見て」みるのも楽しいかもしれない。それはどこか、昆虫が触角に触れる空気の動きから敵の接近を感じとったり、魚が側線で感じる水の動きから仲間の泳ぎを感じとったりするのに似ている。ちょっと感覚の使い方を変えるだけで、世界の全く別の姿が見えてくる。

（2017年7月）

乳母だらけ

阿川佐和子

『未来の年表』（講談社現代新書）を読んで衝撃を受けた。著者の河合雅司氏は「人口減少日本でこれから起きること」を漠然と解説するのではなく、「〇〇年に何が起きるか」を、はっきりきっぱり、具体的事例をあげて示している。しかもその年表、二〇一七年からスタートしているではないか。

「え、遠い未来の話じゃないのね……」

まずそこに驚く。さらに読み進めると、

「二〇二〇年――女性の二人に一人が五十歳以上に。出産できる女性が激減する」

またまた仰天！　なに、ほんの三年後、世の中がオリンピック・パラリンピックに浮かれている頃、街を歩く女性の半分はオバサンとオバアサンってこと?!　六十半ばのじゅうぶんなるバアサンが憂う立場にはないけれど、その景色を想像したら、私の頭にかすかな暗雲が立ちこめた。

かつてさる脳科学者に聞いたことがある。全生物の中で生殖機能を終えてなお、長く生きるのは人間ぐらいのものであると。たいがいの生物は子供を産み、育児を終えたあたりで命を全うするものらしい。理由は、限られた資源を浪費せず、次の世代に譲るためだという。生殖機能も活用しないで生き存えている身には耳の痛い話である。

「ならばなぜ人間だけが長生きするんですか？」

悔し紛れに訊ねると、博士はケロリとおっしゃった。

「それは役割が残っているからです。オンナは育児教育のため。オトコは人生の経験値を後世に伝達するため。だからたとえ子供を産まなくても、アガワさんには乳母の道があります！」

乳母……ですか。近い将来、一人の赤ちゃんのまわりに十人ぐらいのオバサンとオバアサンが寄ってたかって、おしめを替えたりあやしたりしている光景があちこちで見かけられるようになるのか。

常日頃、少子化について死活問題のごとき表情で暗く語る政治家や評論家を見るたび、私は小さく毒づいてきた。なにもそう「産まない女」を目の敵にしなくたっていいだろうに。だいたいオンナが子供を産まないのは、産んで子供と自分が幸せになれそうな予感がしない時代だからではないのか。オンナは本能的に察知する。今、産んだらロクなことはない。ミジンコだって察知するのだ。そろそろ水が涸れそうだ、水質が悪化してきたぞと感じるや、たちまち普通の卵を産まなくなる。そのかわりカプセルに包まれた、水が涸れても生き延びる卵をつくるようになる。人間のメスとてそういう本能を持っているはずだ。環境が整えば女性も赤ちゃんを産みたくなりますよ。本書著者の河合さんにお会いして、そう投げかけたら、「それは何億年のスパンの話ですね」と軽く否定された。そして、「高齢者の中でも、女性の寿命のほうが長いですから……」。

見渡せば　ばあさんばっか　秋の宵

こうなったら、介護も年金も期待せず、有能な乳母になってみせましょうぞ、フン。

（2017年11月）

手ぶら、いいね。

益田ミリ

なんだか今日は身軽だなぁ、と歩いていたら、財布を忘れてきたことに気づいた。今は交通系ICカードでピッとタッチすれば買い物ができる店も多い。財布がなくてもなんとかなった。わたしはこの日、財布を忘れてきたことに気づき、さらにもうひとつあることに気づいた。普段の財布が重たい、である。

バッグに財布が入っていないだけでこんなに違うものなのか。愛用している長財布はポイントカードやレシートがたくさん入れられて便利なのだが、持つとずっしり。ぐるりとファスナー付きで財布自体も重かった。

そうだ、もっと小さい財布に買い替えよう！

小さく軽い財布を求め、デパートをのぞいてみた。

二つ折りの財布を手に取る。財布を忘れた日の身軽さを思うと、もっともっと小ぶりなのが欲しい。

若い女性店員にできるだけ小さな財布を探しているのだといったら、

「わたし、これを使ってますよ」

彼女は陳列棚に並んでいたカードケースを取り出した。と思ったら、なんと、財布なのだという。小銭を入れる場所とお札を入れる場所。確かにちゃんとある。しかし、お札は一枚一枚、三つ折りにしなければ入らない。

「いちいち、折るの面倒じゃない？」

慣れれば平気だという。さらに彼女はつづけた。

「小さいからポケットにも入るし、手ぶらで出かけることもありますよ」

わたしは楽しくなった。

「手ぶら？　いいね、身軽だね！」

そんなわけで、そのカードケースみたいな財布を購入する。

しかしながら、やはり最初に感じたとおりお札を折って入れるのはわたしにはかなり面倒な作業だった。50年近く生きてきて自分の性格くらいわかっているだろうに。やれやれと大きなため息。

ふいに、亡き父の財布を思い出した。父の財布はお札を一枚一枚折って入れるコンパクトなものだった。わたしが物心ついたころからそのスタイルは変わらなかった。

夜。父が居間でお札を折って財布に収める姿を覚えている。紙飛行機を作ってくれるときみたいな、まじめな手つきだった。日中に崩れたお札はその場では折らず家に帰ってから。小銭はすべて貯金箱に入れていた。貯めているというより単にじゃまだったのだろう。身軽でいられること。父にとってそれは、お札を折るのが苦にならぬほど重要だったというわけだ。そういえば、父はカバンを持たぬ人だった。

さてさて、わたしのミニ財布。使いこなせず、結局、三つ折りを買い直した。どうやら、まだまだ身軽には生きられないらしい。

（2017年11月）

だから、暗闇へ。

最果タヒ

喫茶店の窓際で仕事をしていると、次第に外が薄暗くなってくる。最初に夕焼けがはじまるのは、雲の表面で、西の雲はもちろんのこと、運がいいと、南側の雲にまで、ピンク色の光がしみ込んでいき毛細管現象みたいだ、とちょっとだけ思う。次第に、空の西側もピンク色に染まり、そうして、ふ、と気づいた頃には東は暗く、夜がはじまる。日が暮れはじめた、と思ってから、夜になるのはあっという間で、カーライトやバス停のライトが、やけに眩しく見える、そんな時間がはじまる。

当たり前のように、人工灯が眩しい夜を毎日眺めていると、真っ暗な夜はもうこの街にはこないのだろうか？　なんてことを思う。停電になれば、とも思うけれど、でも、そうなれば、今度は星空が眩しく光る。昔、小さな島に旅行に行ったら、星と月が眩しくて、そうしてその光が、地上まできちんと届いているのがわかって驚いた。星の光が見えなくなるには、地上が明るくなければならず、そうして地上が明るければ、街に暗闇はやってこない。夜は暗い、と思っていたけれど、暗闇って本当は、部屋の中にしかないものかもしれないな。

最近、百人一首を訳していて、夜中に男女がはじめて出会い契りを結ぶという当時の習慣について、考えることが時々あった。今回の訳は、単に現代語に訳するというのではなくて、現代の詩として、改めて私が書く、という企画だったので、この習慣を「過去のもの」として客観的に捉えるだけではどうしても足りず、どこか、今の感覚で共感をしたかった。けれど、暗闇。どうして初対面を暗闇で行うのだろう。暗闇は、部屋の中にあるもの。そうして、一つのパーソナルスペースだと思う。自分がいる暗闇には決して、心を許せぬ人には入ってきてほしくない。真っ暗な部屋にいる時、その部屋が丸ごと自分の体になったようで、何かの物音がするだけで、まるで急に肌に触れられたように怯えてしまう。それなのに、どうして。そう考えていると、ふと、「いいえ、だからこそ、暗闇で会うことを選んだのかもしれない」、そう、思ってしまった。

「会う」という行為を、どこまでも重大なものに、困難で、恐ろしいものに、彼らはしようとしていたんじゃないだろうか。会うまで、相手のことを知れるのは和歌や手紙からだけだった。だからこそ言葉を贈るというその行為は、自分を千切り、相手へと届けるような、そんなことだったのかもしれない。「会わなくても十分だ」と言えるほどの言葉が、理想だったのかもしれないなあ。歌の才能が、人生を決めるほどの、時代の、言葉のあり方。神聖さ。それを超えてまで「会いたい」と欲することは、簡単に許されることではなかったのかもしれない。躊躇して当然の困難さを、その時間に宿すため、選ばれたのが暗闇だったのか。私は、その感覚はわかる、と思った。暗闇の中、目が慣れるのをじっと待つ。大切なものはここに、しまいこんで、もっと大切で、自分でも触れられなくなるほどにしてしまいたい、そう願ってしまう気持ち、ああ、わかる、と思ったんだ。

（2018年1月）

思い込み

吉田篤弘

ぼくの師匠は高倉健によく似ていた。顔だけではなく、声色や、ちょっとした仕草も似ていて、ともすれば、暗がりですれ違ったら本物の健さんと見間違うのではないかというほどだった。

実際、深夜のタクシーでそんなことがあったのである——。

これは、そのタクシーに同乗していた編集者のOさんから聞いた話なのだが、Oさんは師匠を送り届けたあと、そのまま自宅に向かってタクシーに乗りつづけていた。すると、それまで黙っていた初老の運転手さんが、

「いま降りられた方って、高倉健さんですよね」

とOさんに訊いてきた。いたずら心が芽生えたOさんが、「そうですよ」と平然と答えると、

「やっぱり、そうですか」と運転手さんは喜びを噛みしめるように頷いていたという。

Oさんは最後まで本当のことを云わなかったので、おそらく、この運転手さんは、仕事仲間や家族はもちろんのこと、そのあと乗せた客に、「じつは、高倉健さんを乗せましてね」と大いに吹聴したであろうと想像される。

ときどき、タクシーに乗った際に、この話を思い出すのだが、このあいだ、所用で京都へ行き、用件が済んだあとのわずかな時間を利用して、立ち寄ってみたい店があった。時間がないので、タクシーに乗ろうとしたところ、観光シーズン真っ盛りで、なかなかつかまらない。

仕方なく、行ってみたい店は後まわしにし、中心街から少し歩いたところに出来た「超」の付く高級ホテルを偵察しに行ってみた。ざっと宿泊料金表を眺めて、自分にはとても手が届かないと尻尾を巻き、ロビーやカフェの様子を見学して、そそくさと引き上げることにした。

玄関を出るときに制服を着た青年から「お車をご利用ですか」と尋ねられ、そういえば、タクシーに乗りたかったのだと思い出して、「はい」と答えると、どこからともなく黒いリムジン・タクシーがあらわれ、乗り込むなり、いかにもベテランといった風情の運転手さんが「どちらまで」と丁重に訊いてきた。

「パンを買いに行きたいんです」とぼくが答えると、車は音もなく発進し、「パンというと、もしかして、○○ですか」と舌を噛むようなフランス風の名前を運転手さんは口にした。

「店の名前をはっきり覚えていないんです」とぼくが口ごもると、「それでは、〇〇でしょうか。それとも〇〇ですか」と次々、フランス風が並べられていく。どうやら、運転手さんは、ぼくを高級ホテルの宿泊客であると思い込んでいるようで、さすが、リムジン・タクシーのベテラン・ドライバーならではの知識が淀みなく披露されていった。ついには、「シャンパンに合うのは」といった解説まで始まったので、「いえ、ぼくが行きたいのはコッペパンのおいしい店なんです」と打ち明けると、「なるほど」と運転手さんは頷いて、十秒ほどの沈黙が流れた。

ちなみに、買うなり店先でかじりついたコッペパンは、ポテトサラダがはさんであって、最高においしかった。

（2018年1月）

苗字のリセット

ブレイディみかこ

わたしの住む英国には夫婦別姓のカップルが多い。そもそも結婚せずにパートナーとして暮らしながら子どもを産み育てている人もたくさんいるので、苗字が二つある子たちも少なくない。例えば、ジョン・グリーン＝ウィリアムズとか、ポピー・ロビンソン＝ブルームという風に両親の名前をダブルハイフンで繋げたものを使っているのだ。

これはしかし、将来的にはややこしいことになりそうだ。例えば、ジョンとポピーが結婚したら、当人たちは夫婦別姓で事なきを得るかもしれないが、その子どもはグリーン＝ウィリアムズ＝ロビンソン＝ブルームというたいへん長い苗字を持つことになる。さらに、四つの苗字を持つ子ども同士が結婚する時代になればその子どもの苗字は八つになり、パスポートなども現在のページではとてもスペースが足りないだろう。みたいなことを夕食時に話していると、息子が言った。

「ああ、それ大丈夫。長くなり過ぎたらリセットできるから」

「リセット?」

「うん。学校の友達に、両親がそれぞれ二つの苗字を持つ子がいて、やっぱ四つになると長過ぎるから、お父さんとお母さんが揉めたんだって。で、最終的には、どっちを選んでも不公平だから新しい苗字にしようってことになったらしい」

調べてみれば、確かに、英国では出生届を出すとき、苗字も親が名づけることが許されている。つまり、日本語で例えるなら、鈴木さんと佐藤さんが結婚して、子どもに星野さんを名乗らせてもOKということだ。

しかし、実際には親子で姓が違うと、パスポート取得、病院、学校への登録など、様々な局面でめんどくさいという茨の道を歩むことになるので、両親と違う苗字を子どもにつける人はほぼ皆無だ。が、前述のハイフン問題を避けるため、両親の苗字の一部を繋ぎ合わせて新姓を作ることがにわかに注目されているという。つまり、鈴木さんと佐藤さんの子どもの苗字を鈴藤さんとか木佐さんとかにするのであり、英語ならフィッツジェラルドさんとスコフィールドさんの子どもがフィッツフィールドを名乗るということになる。が、これでもやはり親子別姓だと事務上のトラブルは発生するので、両親も改姓手続きを行って親子全員で苗字を変えるのが一般的だという。

　しかし、国際結婚の場合には苗字がうまく溶け合わない。例えばフィッツジェラルドさんと鈴木さんが結婚した場合には、スズジェラルドとかフィッツキとかいった、英国にはこれまで存在しなかった新たな響きの苗字が登場することになる。

　これがもし、日本側の戸籍に記されたとしたら、さらに斬新だ。鈴ジェラルドとかフィッツ木とかいう、これまた前代未聞の漢字カタカナ混合苗字が誕生することになるのだ。

　リセットとは、初期化ではなく、ハイブリッドの新種創造のことではないだろうか。世界とは、放っておいても予想もしない形でダイナミックに混ざっていくのである。


（２０１８年５月）

聞こえる、の先に

今日マチ子

1年ほど前に、今の家に引っ越してきた。以前に住んでいた古いマンションの取り壊しが決まって、ほぼ追い出されるような形だった。心の準備無しに見知らぬ土地へ行く勇気は無く、ひとまず徒歩5分程度の近所に家をみつけた。仕事部屋が確保できて、猫の飼育がOKなところ。即決である。

以前の仕事部屋は南向きの角部屋だった。一日中さんさんと日光が降り注ぐのであたたかい。夏場は暑すぎるので、日よけとしてベランダにゴーヤを植えたら、育ちすぎて食べきれないほどの大豊作となった。

対して、新しい仕事部屋は北向きだ。ひんやりとして薄暗い。

実際に仕事をはじめてみると、北向きの部屋は画業のものには都合がよかった。光が一定だから、色の錯覚や、認識のブレが無いのだ。直射日光が画面にかかったり、夕方のオレンジの光が強くなると、とたんに今自分が何色を扱っているのかわからなくなる。北向きのアトリエが画家に好まれるというのは定説として知っていたが、実感としてはじめてよくわかった。

もうひとつ、いいことがあった。部屋が通学路に面しているのだ。並びに小学校、幼稚園、保育園、児童館、図書館がある。住民にとっては、ちょっとしたメインストリートだ。朝の慌ただしい時間を過ぎると、お散歩に出かける保育園児たちの声が聞こえてくる。それが10時。11時、彼らが帰ってくる声が聞こえる。14時を過ぎると幼稚園児たちが通って行く。同伴の親たちのおしゃべり。それから小学生が大声をあげながら走って行く。18時は保育園児をのせた電動自転車が通って行く。20時前後は塾帰りの子どもたちだ。英語を話している子もいる。書き連ねてみると、なんだかうるさい場所だなという感じだが、住宅街の中なので基本的には閑静だ。

一日中、部屋に一人きりで仕事をしていると誰とも話すことがない。集中できるけど、ときに孤独な気持ちになることもある。そんなとき、窓の外から子どもたちの声が聞こえてくると、心の中がぱあっと明るくなるのだ。単純に「子どもはかわいい」というつもりはない。子どもだって悩みや問題があったり、親だって手を焼いていたり、いろいろある。でも、やっぱり子どもならではのエネルギーに触れると、自然に元気になる。「あそこの焼き鳥屋がすっごいおいしいんだよ！」とか、他愛もないことを大発見のように叫んでる。ポケットに玄関の玉砂利をつめこんで笑っている男子グループもいた。面白いなあ。

私自身の子ども時代をふりかえってみると、道路で大声を出すことはなく、黙ってアリの列を気の済むまで辿っていくようなタイプだった。そういうのが好きだったのだ。いま、歓声をあげながら走って行った子たちの後ろで、かつての私と同様、一人静かに歩いて帰る子もいるのかもしれない。

声が聞こえる、ということは、声をあげないものもいるということだ。そんなところに思いを寄せるのが私の仕事だ。窓の外の声に耳を傾けつつ、心はその先に。原稿に向かいながら、そんなことをいつも考えている。

（2018年5月）

自転車に乗りながら考えたこと

柴　幸男

今、僕は台南で自転車に乗っています。現地の高校生たちとつくっている演劇の本番を2週間後にひかえ、焦る気持ちを落ち着かせながら自転車をのんびり漕いでいます。台南市街に地下鉄はなく、地元の人は原付で移動するのがスタンダードなようです。iPhoneの中にある音楽をBluetoothのイヤホンで聞きながら自転車に乗っています。

自転車はいつも僕を悶々とさせます。どこにでも行けそうでどこにも行けない。ペダルを漕いでいると、不安と自由の入り交じった複雑な感情で胸がいっぱいになります。でもそれが心地いいから、僕はずっと自転車に乗っているんだと思います。

小学生の頃は、どこに行くにも自転車。電池で動く小さなラジカセをカゴに入れて、テレビから録音したゲーム音楽を再生しながら友達の家へと漕ぐ。中学生の頃は、休日の度に近隣の古本屋をめぐっていました。高校の通学にも自転車を使っていました。テープ、CD、MDへと媒体は変わりましたが音楽と自転車は必ずセット。大学生になった僕は所沢でひとり暮らしをはじめます。そして毎日、彼女からもらったiPodで音楽を聞きながら、トトロの森と呼ばれる所沢の自然の中を折りたたみ自転車で走りぬけた。

どれも楽しく、美しい思い出。でもきっと当時は不安で不安でしょうがなかった。

それから随分たって、僕は演劇をつくることを仕事にしました。全国の町に滞在して演劇をつくることも増え、どの町でも、いつも自転車を借りました。どこに行っても音楽を聞きながら自転車に乗っていました。自転車に乗りながら考えたことが演劇になっていく。自転車のスピード感が、僕の思考の速度に合っていたのだと思います。

それから僕は結婚して浅草に住むようになり、子供が生まれて、電動アシスト自転車を購入しました。子供を乗せて自転車を漕いでいるときは、なんだか必死。まわりの景色に心奪われることもありません。そこにはかつての僕が味わっていた不安も自由もないような気がします。思えば、僕はいつもひとりで自転車に乗っていました。並走も、二人乗りをしたこともありますが、思い出すのは、心動かされたのは、いつもひとりのとき。僕にとって自転車とは、孤独と関係があるのかもしれません。

さて、めぐりめぐって今は台南。国立台南大学の横を通る道がお気に入りです。この道には大学生が入るようなカフェが多くあります。最初は目移りしていたけど、今はもっぱら通り過ぎるのみ。先にあるスタバでいつも仕事をしています。でもやっぱり大学横の古本屋には行っています。

どこに行っても変わりません。ひとりで自転車に乗って、不安になって、自由を感じて。ずっとずっと道はまっすぐつながっていて、僕は年老いながら自転車を漕いでいる。そんなことを考えながら、僕は今日も自転車に乗っています。

（2018年5月）

だから散歩へ

滝口悠生

ふだんは家で仕事をしているのだけれど、なるべく毎日外に出て歩く。小説や書評などの原稿が行き詰まって進まなくなった時も、思い切って机を離れて、散歩に行く。締切が迫っていたりすると短時間でも机を離れるのは勇気がいるのだけれど、行き詰まったまま原稿の前で何時間も粘るより、短い時間でも思い切って外に出ることで、すこんと詰まったところを抜けることが多いように思う。

外に出たら、無理に何かを考えようとはしないで、ただ歩く。一歩一歩の足の裏には路面の凹凸や傾斜がある。見慣れた近所でも季節や天気によって景色は違い、その日その時で見え方は変わる。何も考えずに歩くと、近くの音、遠くの音も自然と耳に入ってくる。たとえばいまの季節なら、暖かくなるにつれ東京でも鳥の鳴き声は種類が増える。夏ならセミの声や繁った木の葉の音、秋なら虫の音。あるいは冬の年末やお正月には人も車も少なく、静けさもまた立派な音だ。耳慣れた電車や踏切の音、学校から届く子どもの声なども、毎日の変化のなか、その日ごとに違って聞こえる。

何を考えずとも、そうやってあちこちからやってくる色や音に身を任せていると、ただ歩いているだけでも、あんなものがある、こんな音がある、といろんな刺激への反応でずいぶん忙しい。そのうちにだんだんと、見えるもの聞こえるものと歩く自分の体とが渦を巻き、そろそろと頭が働きはじめる。私の場合、そんなふうになるのはたいてい、歩きはじめて三、四十分くらい経った頃だ。だから最低でも一時間くらいは歩きたい。

とくべつ神経がたかぶるというわけではない。学校帰りらしい中学生の男の子の黙々歩く姿とか、散歩中の犬の足の運びとか、道端に停まっている自転車の色とか、道に落ちているゴミくずとか、そういう一見なんでもないものが、その時の自分にとって特別なものに見えてくる。それがそこにあって自分がそれをいま見ていることに、不思議と心を動かされる。あの犬はいま何を思っているのかとか、あの中学生は今日学校でどんなことがあったのだろうとか、あの自転車はいつからそこに停めてあるのかとか、そういうことを考えるともなく考えはじめる。

文章を書くことはひとりの作業で、書き手は何を書くこともできる。けれどもだからこそ、自分以外の存在に目や耳を向けることが大切で、そして時に難しい。文章が動かなくなっている時は、そこに自分がい過ぎる時で、そういう時は目も耳も内向きに閉じてしまっているのだと思う。散歩をすると、思わぬことを考える。ひとりで部屋にいては考えなかったであろうことを考えられる。それが尊い。

アイデアとかテーマとかコンセプトなんかはいくらでもひとりで考えつくけれど、書くことを前に進めてくれるのはいつでも誰かの声や周りの風景だ。だから散歩へ。しばらく歩いて家に帰ってくるか、何駅か先の喫茶店に入る。するとその頃には、固まっていた言葉が少しやわらかくなっているのだ。

（2018年5月）

家の中に、虎

春日武彦

　ここ数年、ときおり占い師のところに行く。占星術とかタロットとか四柱推命とか手相とか、そういった特定の占いに凝っているわけではないし、占い師も誰それと決めていない。適当にネットで調べて、一応予約を入れて占ってもらう。いや、実は愚痴を聴いてもらいに行くのである。

　わたしなりに屈託したものがいろいろとある。具体的な困り事というよりは、自分なりに努力しているつもりなのに報われなくてうんざりするとか、いくら本を書いても意欲作に限って世間から無視されて悔しくてたまらないとか、他人からすれば鬱陶しいことこの上なさそうな「ぼやき」があるわけで、しかしそんな話を妻とか友人へ執拗に語ったら、向こうとしては迷惑だろう。カウンセラーに話してみるのは、同業者だからいまひとつ気が進まない。あちらだって願い下げだろう。

というわけで占い師を訪れては散々愚痴をこぼし、「何とかなりませんかねえ」と溜め息を吐いてみるわけである。なぜかほとんどの占い師は、次の東京オリンピックを過ぎたあたりから運勢が好転するだろうと言う。そんなに待てないよ、もう。

先日、七十歳近くと思われる女性の占い師のところへ行った。いかにもこれまで散々人生に苦労してきたように見える人で、彼女からすれば、当方の我が侭な不満なんか苦々しく感じられたに違いない。だが、わたしだって心は平穏から程遠いのだ。

べつに解決策なんか教えてもらわなくても、とりあえず「ぼやき」を一時間近くすれば精神のデトックス効果はある。そのために行くわけだが、その日に限って尋ねてみた。

「運気を確実に上昇させる方法を教えて下さい！　具体的に」

すると占い師はわけの分からない複雑な図形を紙に描いてから、干支について説明を始めた。どうやらわたしの宿運には、基本的に「寅」の要素が欠けているらしい。だから思い通りにいかない。家の中に、虎に関するモノを置きなさいと断言する。

いきなり虎と言われても途方に暮れてしまうではないか。虎の剝製とか、虎の皮の敷物などを連想するが、あれは大金持ちの調度品ではないのか。野球に興味がないので阪神タイガース・グッズは論外だし、張り子の虎は拙宅のインテリアにそぐわない。ふと、三カ月前に、三重県の山奥にある寺で拾った仔猫のことを思い出した。

「猫を飼い始めたんですけど、毛が茶トラなんです。それでもいいですかねえ」

「もちろん。大正解よ」

「…………」

占い師も面倒になっていたのかもしれない。同じネコ科でも、虎と猫とでは大違いではなかろうか。でも我が家の猫がラッキーキャットであると保証されて嬉しい。

帰宅してから、虎眼石《タイガーズアイ》があるじゃないかと気付いた。通販で虎眼石の曲玉《まがたま》というのを見つけて購入した。送料別で千二百円である。猫と曲玉とで、わたしの運勢は盤石となった。


（2018年7月）

憧れのあの毛皮

唯野未歩子

十代のころ、アンチエイジングする大人は恰好悪いと思っていた。時の流れにあらがうなんて不自然のきわみだ。だって歳をとるのはごくふつうのことなのに、と。

誰でも歳をとれば、肌にはしみが浮かんでくる。しわが刻まれるし、しらが頭になる。それらすべてがそのひとの一部なのだから、あるがままでいないなんてもったいない。この世でたったひとつきりの、そのひとの年輪は、つるりんぺらんとした若者にはまだ獲得できていない戦利品――もしくは、どんな人生を歩んできたのか、足跡を記した地図のようにもみえる。しみも、しわも、しらがも、自然発生させたまま自然体でいられる大人は優雅だし、ジタバタしていないのも恰好いい。自分もいつかそんなふうに歳をとりたい、己を受容できる人間になりたい。それが理想の大人の女性像だった。

というか、そもそも、人間だけじゃないかしら。年齢を偽りたがるのは。他人の目を欺くためのお洋服、染髪、かつら、お化粧、ジムに通って肉体改造したり、果ては整形手術までほどこして、あらゆる手段で若作りに励む。バカみたい。ほんと人類にがっかりする。と、そんなときだ。動物をうらやましく思うのは。

動物はみんな、自分の毛皮がいっちょうら。生まれて死ぬまで、それ一枚きりで生きていく。その気高さ。美しさ。

もしも自分が動物だったら、どんな毛並みだっただろう。ちょっと想像してみたら、すぐに楽しくなってくる。私の毛皮はたとえば白、あるいは黒、もしくは焦茶、赤、黄、金、銀、短毛、長毛、くせっ毛、直毛、とら、しま、ぶち、フッサフサの細い毛だとか、硬くて丈夫な剛毛だとか……。いずれにせよ生まれもった唯一無二のオーダーメイドだ。自分だけのいっちょうらを、生涯ずうっと大事にするのは、どんなにか意義深く、わかりやすくて、きっとステキなことだろう。

二十代、三十代と、私の考えは変わらなかった。アンチエイジングにアンチな美意識といったところか。

ところが四十代。事情が変わった。自分のしみ、しわ、しらがを発見したときのこと。私はうろたえた。どういうわけか意に反して、それは心臓でも脳でもなく、腰にほど近い脊髄あたりから、緊急警報が鳴り響いた。

『それを隠せ!!』と。

なぜ？　なぜなの？　なぜに隠蔽したがるの、私？

わからない。人間は複雑だ。人類はダメだと思う。自己嫌悪しかないが、ただひとつだけわかったのは、あるがままの自然体でいられる理想の大人の女性像に近づくためには、強いハートが必要だということ。脊髄あたりで赤い回転灯が明滅し、サイレン鳴らして『隠せ!!』と連呼しているなかで、自分自身を貫くには、単純に修行が必要だ。でもその強さがいつか自分のものになったとき、私はやっとはじめて、あの憧れの「いっちょうらの毛皮の気高い動物」になれるのかもしれない。


（２０１９年３月）

令和を待っていた日

小山薫堂

平成31年4月1日、新元号が閣議決定され、それが国民に発表されるまでの十数分間、日本じゅうの人々の心が高揚していたに違いない。

あの日の午前11時、僕は外出先で一つ目の仕事を終えた。発表まで30分。その瞬間をテレビで見たいと思い、自宅まで戻ろうとしたのだが、車が混んでいて、辿り着けそうにない（スマホで見ることもできましたが、実際の時間とはタイムラグがあるのでどうしてもテレビで見たかったのです）。このままでは間に合わないと思った時に、いつもお世話になっているクリーニング店の看板が目に入った。店に駆け込み、「テレビをお借りできませんか？」と無茶苦茶なお願いをして、テレビのある2階の休憩室へ。店のご主人と一緒に四畳半の和室で正座をしてテレビに向かい、発表の瞬間を待った。

あれだけドキドキしていたのに、「令和」と分かった途端に、波が引くように高揚感が消えていった。待つとは、そういうことだ。待っている間に生まれる期待や不安は、結果によって消されてしまう。それでもやっぱり「待つ」というのは人生に必要な行為だと思う。令和という新しい元号が、久しく忘れていた「待つことの価値」を思い起こさせてくれた。

最近は本当に待たなくていい時代になった。待たないことが価値として語られる時代になった。パソコンの処理速度の向上も、新しい高速道路の建設も、リニアモーターカーの開発も、全ては人が待つ時間を短縮するため。その積み重ねが文明の進化となる。そうした進化は人々の意識まで変えてしまった。メールやＬＩＮＥでメッセージを送った瞬間から相手の返信が気になり始める。時間通りに荷物が届かないと催促の電話をかけてしまう。電車が数分遅れるだけでイライラしてしまう。待たなくていい時代は、待てない人々をつくりだしてしまった。

ただし例外もある。ラーメン店などの前に延びている行列。それが長いほど美味しそうな店に思えてしまう。ああいうのは待って食べるから価値がある、という人もいる。もし万が一、それが美味しくなかったとしたら、待ち続けていた自分の時間が無駄になってしまう。待たされたのに、美味しくない。この対立する感情をアメリカのある心理学者は「認知的不協和」と呼び、人間は本能的にこれを解消する傾向にあると説いた。つまり、自分が積極的に待ったものには、自分なりの価値を見いだすことができるのだ。

「待たされた」と考えれば腹が立つ。しかし、「待つ」という行為を積極的に捉えて日常を見つめれば、ネガティブなことをポジティブに変えることもできる。辛い仕事から抜け出す瞬間を待っている。花粉症の季節が終わるのを待っている。喧嘩した相手と仲直りする時を待っている。

待つことを尊きことと思えるような暮らしをしよう——。令和をきっかけに、そういう視点が生まれた。新しい元号からもらった最初の幸福である。

（2019年5月）

灰になれ

森 絵都

先日、とある知人から手紙が来た。後日に顔を合わせた際、その内容に触れたところ、「そんなこと書いたっけ」との返事。「eメールの場合は手元に残るから、下手なことを書くと、後から読み返して後悔する。その点、紙の手紙はいいね。相手の元へ行ったきりだと思うと、自由にのびのび書ける」

そう言われてハッとした。たしかにeメールは手軽で便利でスピーディーだが、送信後もメールボックスから削除しないかぎりは自分の元に留まる。その「残る」ことへの煩わしさを、私たちは常にどこかで意識しながらeメールを綴っているのかもしれない、と。

紙の手紙は相手に渡した時点で完全に自分の手を離れる。二度と戻ってこない。さっきまでは自分のものであった思いを相手に託して、そして、さようならだ。いつまでこの世に留まるかは送った相手次第ながらも、紙である以上、いずれは燃えて灰になる。未来の空を舞う灰が透けて見えるようなその存在のあり方は儚くも潔い。

送るだけでなんとなくすっきりする。そのような効能も紙の手紙にはありそうだ。eメールのように後から送信ボックスを覗いて「なんでこんなことを書いちゃったのか」と落ちこむこともなく、書き手はあくまですっきりしたままその後の人生を歩んでいける。

出したら出しっぱなし。その特質ゆえの罠も、しかし、紙の手紙には潜んでいる。思い出したくないから背を向けたきり歩み続けているものの、ひとたび振り返れば、誰しもけっこう恥ずかしい手紙を過去にしたためているのではないか。

少なくとも私にはある。

幼なじみのヒロちゃんに手紙を書いたのは、まだ文字を覚えたての五つか六つの頃だった。おそらく人生初のその手紙は〈ぜっこうじょう〉だった。もう一人の幼なじみ、ケイちゃんをめぐる三角関係の末、私はヒロちゃんを見切るに至ったのだったが（絶交状を私に教えたのは姉だった）、驚いたヒロちゃんはママに相談し、ヒロちゃんママはうちの母に相談し……結局、なんだかものすごく怒られて終わった記憶がある。

中学生の時には仲間と一緒に〈予告状〉をしたためた。給食の時間、クラスの担任が「プリンが一つ足りない」と騒ぎ立て、誰かが二個取ったに違いないと決めつけてしつこく犯人捜しをしたことに腹を立ててのことだった。そんなに生徒を疑うのなら、こっちも受けて立とうではないか。犯人になりすました私たちは「次はクレープをいただく」との予告状を担任宛に送りつけ、結果、給食にクレープが出た日は物々しい厳戒態勢のもとで配膳が行われることとなった。

高校時代、つきあっていた彼と別れた際には、「これからもがんばって夢を追いかけてね」と思いをこめて綴った手紙を渡し、「『夢』って漢字が間違ってたよ」と指摘された。

どれもこれも燃えて灰になれ、と思う。

（2019年9月）

雨の舟町のネオンが笑ってた。

大江千里

日本とアメリカを往復する日々が慌ただしく時差ボケがひどい。仕事が立て続けだと眠くなる隙がないが、睡魔は突然襲いかかり、時に気を失ったように眠っている。

この前も夜の9時くらいに瞼が落ちて眠り続け、起きたら朝11時だった。ランチの約束をしていた友人に場所確認メールをするが繋がらない。普段は即レスをくれる人なのに、「?」と訝しみながら再び眠気の沼へ落ちる。メールの返事が気になり何度も目を開くが返事は来ず、それより「昼間にカーテンをしたまま眠るとまるで世の中から一人取り残されたみたいだ」と記憶の隅でスパイ気取り。夜は別の友人たちと食事の予定だった。約束は午後7時。30分前にぱちっと目が開く。確かアラームをかけたはずだが鳴るよりも先に動物の勘で起き上がる。ホテルの受付の人に「行ってきます」と威勢良く声を掛け、飛び出す。

日曜のせいか街は静かでタクシーはすいすい駆け抜ける。場所は新宿舟町にある四川。懐かしい顔ぶれが揃うのをワクワクしながら手元の携帯のGPSですぐお店を見つける。雑居ビルのエレベーターに乗り店の前へ出るが、シーンと静まり返り人の気配が全くない。約束より5分前に到着したから？　少し待ってみるが相変わらず音もなく人けもない。友人にメールをすれど一向に返事がない。昼間の友人もそうだったがどうもおかしい。友人宛に今度は電話を鳴らし続けてみるが出てくれない。地下鉄の中か。圏外か。それとも……何か事件が？

舟町から少し離れてみた。四谷へ歩き始める。小雨が降るなかネイチャーコーリングが突如僕を襲う。こんな時に困った。お尻に力を入れ踏ん張りながらコンビニのトイレを探す。しかしどこも鍵がかかっていて使用できない。途方に暮れ駅の構内へ下りてみる。するとトイレがあった。雨に濡れた床を転ばぬように一歩一歩進み、個室の中から鍵をかけて「コト」を済ます。ホッとしたと同時に不安と孤独が押し寄せる。地上へ出てハンコ屋の軒下で雨宿りして途方に暮れていると電話が鳴った。「もしもし」「大丈夫ですか？　いままだ朝ですよ」「え？．」「朝の7時過ぎ」「えぇー？．」一瞬何を言っているか分からず辺りを見渡す。日曜の朝の静かな街の風景がそこにある。え？　日が延びて明るい夜時間なのではなくて……？

「今日の夜ですよ。約束のごはん会は。大丈夫ですか？．」

「あ？．」

昨晩、眠りに落ちて2時間後くらいに目を開け、夜中に眠っている人たちに向けて悪戦苦闘してメールをしていたのか。カーテンを閉めて、日中世間から姿を隠したスパイのように丸まっていたのは、あれはあれで正しい時間帯、つまり真夜中だったのか。そして夜は朝になり、日曜はまだ始まったばかりだったのか。一旦ホテルへ戻り、昼に約束した友人とランチをする。そしてその夜もう一度舟町に戻ってやっと懐かしい面々に会えた時、「一応下見をしときました」と言うとみんなは大爆笑。それに釣られ、本当の夜の舟町のネオンが雨に揺れながら、笑ってた。

(2019年9月)

危険なキノコ

岸本佐知子

なぜそのキノコを買ってしまったのか、今となっては思い出せない。たぶん魔が差したのだ。だって今までの人生で、そうしたことに手を染めたことはおろか、興味をもったことさえなかったのだから。

キノコはなんだかお洒落げな箱に、さまざまな色と質感の糸を束ねたものといっしょに入ってやってきた。付属の冊子の説明書と首っぴきで、かかとに穴があいたのに愛着があって捨てられずにいた靴下を手はじめに繕《つくろ》った。布地の裏側から木製のキノコ型をあてがい、穴を覆うようにタテ、タテ、タテと糸を張っていき、次にタテ糸を交互にすくいながらヨコ、ヨコ、ヨコと糸を渡していく。糸の間隔がまちまちだったり、二本同時にすくってしまったりとあちこち失敗したが、できあがってみればそれすらも素朴な味わいとなり、穴のあった場所にタテヨコの糸の織物が魔法のように完成していた。

その瞬間、頭のどこかでジュワッと音がした。何らかの脳内物質が分泌された音だった。

私はあっと言う間にキノコを使ったこの繕い術、ダーニングにのめり込んだ。進まない翻訳に疲れた深夜、ちょっと息抜きのつもりで穴あき靴下とキノコに手をのばす。十分ぐらい経ったただろうかと思って時計を見ると、なぜか四時間ぐらい経っている。肩はバキバキ、目はショボショボ、空は白々と明け、それでも自己を滅却してひたすらタテタテヨコヨコする快感がどうにも止まらない。そうやって靴下、セーター、パーカー、ジーンズ、カーテン、クッション、穴と見ればキノコ片手に襲いかかり、ついには家じゅうの穴という穴をふさぎ尽くし、それでも繕い欲はとどまるところを知らず、「穴のあいた服いねがー」とナマハゲの形相で、実家親戚友人知り合いの家を渡り歩いて穴を狩るまでになった。

かくして家の中はダーニング用の糸針ハサミ等々の道具であふれかえり、暇さえあれば何かを繕い、繕っていない時はインスタで他の人たちのダーニングの成果をうっとりと眺め、あるいはネットで素敵な色や素材の糸を渉猟し、起きている時間のほぼすべてがダーニングで埋め尽くされる事態となった。当然のことながら仕事に穴があいたが、その穴さえもキノコをあてがってタテタテヨコヨコと繕ってふさぎ、家の戸を叩いて原稿はどうなっているのかと叫ぶ編集者の口もタテタテヨコヨコと糸を渡してふさぎ、気づくと私は身長十メートル、顔はナマハゲの形《ぎょう》、右手に針、左手にはキノコを持ったダーニング魔神と化して、ずぅん、ずぅんと街を練り歩いては道路工事の穴を、トンネルの入口を、雲の裂け目を、法律の抜け穴を繕い、繕いながらどんどん体は巨大化していく。

キノコなんて買わなければこんなことにならなかったのにね。まだわずかに残っている人間の部分の私が囁《ささや》くのを聞きながら、私は宇宙の涯にあるという巨大な穴、ブラックホールを目指して歩きはじめる。

（2020年1月）

私への片想い

堀潤

毎年、アフリカや中東を訪ねている。スーダン、ヨルダン北部のシリア難民キャンプ、そしてパレスチナのガザ地区など、紛争や貧困などに苦しむ人々の暮らしにカメラを向けてきた。分断が続く現場だ。国際社会からの孤立とも向き合う。現場を訪ねてみると日本に住む「私」と繋がっていることにも気がつく。

ガザは、イスラエルに封鎖された地域。街の周囲全てが壁やフェンスで囲われていて、ガザの市民は自由に外に出ることができない。「天井のない監獄」と呼ばれる所以だ。市民が無断で壁の外に出ようとするとイスラエル軍によって射殺されてしまう。

ガザの人口はおよそ200万人。燃料の確保も難しく、電気は1日数時間しか使えない。生活に必要な物資の多くを国連からの支援に頼っている。子どもたちの多くが栄養失調にあえいでいる。ドローンによる空爆や、地上戦で壊滅的な被害に見舞われた地区もある。今も緊張を伴う衝突が突発的に続く。ガザを現在統治しているのは、政党から発展したハマスという組織。日本政府は国際テロ組織として扱っている。よって日本からの渡航は制限されている。

車中から破壊された街の様子を撮影している最中だった。「止まれ」という声で周囲の変化に気がついた。私はいつの間にかハマスの私服警察官たちに囲まれていた。「無断で撮影をしていた」という容疑で車内に拘束され、尋問をうけた。カメラのSDカードは没収。隣でドライバーのリヤードさんが「彼らは日本人だ、支援が必要なガザの今を伝えるために来てくれているんだ」と懸命に説明してくれていた。映像の確認やパスポートのチェックが済み、本当に日本人だということがわかると、警官の一人が歩み寄り、「ソーリー（ごめん）」と言ってSDカードを返してくれた。「日本人は戦争をしない。俺たちの状況を伝えてくれ、世界に向けて発信して欲しい」と続けた。

民家を一軒一軒訪ねている時だ。貧困地域で暮らす一家。停電で冷蔵庫も使えない中、冷たいぶどうジュースをわざわざ買ってもてなしてくれた。家長が胸に手をあて、「日本はかつてアメリカに原爆を落とされ、焼け野原になって戦争に負けた。しかし、その後人々の努力によって見事な経済復興を果たした。今、その経済力を世界の不均衡のために役立てようとしている。そうした日本人の姿に尊敬の気持ちを感じている」。そして頭を下げてくれた。同行した

ＮＧＯ職員が指し示した先には、ガザの水道を支える給水タンクが見えた。中央には日の丸が記されていた。日本の政府開発援助で建てられたタンクだった。私が納めた税金が原資になっている。

私はここに来るまで、ガザについて語ることがあっただろうか。ガザの人たちは日本を知ってくれていて、日本への想いを様々感じてくれてもいる。しかし私はガザで暮らす人々の気持ちをほとんど知らなかった。こんな片想いがあっていいのか。私は私の無関心を卒業する。

（２０２０年３月）

小さな外出

岩崎 航

よく晴れた晩秋、ヘルパーさんの介助で近所の公園を散歩しました。昨年の春から続く新型コロナウイルスの流行による影響で、七カ月ぶりとなる小さな外出でした。

「あ、この紫の小さな花」「なんていう名前の花でしょうか」

「この門の上の飾り、カエルかな、かわいい」

「晴れましたね、よかった」「今日は雲の感じがきれいですね」

仄かな日差しの温み、青空、冷たさのない心地よい風、鮮やかな紅葉、深呼吸、道端の小さな花を見つける、こわばりがちな心が解れていく。生活、暮らしの余白を手放さない。

私は筋ジストロフィーにより、常に呼吸器をつけており、生活のすべてに介助が必要な身です。コロナに罹れば重症化しやすいといわれています。そして人の介助がなければ生きることができないのに、感染防止の観点からは人と物理的距離を保つことが推奨されます。介助を得ながら生きる暮らしそのものがリスクとなる状況に不安を感じない日はありませんが、訪問介護と医療の支援者、家族や親しい人、友人たちに支えられて、毎日を無事に過ごしています。

コロナ禍が終熄して以前の暮らしを取り戻せることを願いながら、一方で、何年もこの状況で生きることになる恐れを胸の片隅においています。今は人々の「生存」を守るため、世の中全体に多大な制限が加えられていますが、その先の「生活」を疎かにすれば、やがて生きていく活力を弱めてしまいます。過剰のない、抜かりのない感染防止策をおこなって命を守りながら、自分なりの「生活」を可能な限り失わないようにしたいと思っています。

大気を呼吸すること
体に栄養を取り入れること
トイレに行くこと
自宅に住まうこと
おしゃべりすること
珈琲を飲み、酒を飲むこと
外に出かけること

ああだこうだと仕事すること
愛すること
つながりあって
人々の中で生きて死ぬこと
それを人間らしく望んでいるだけだ

東日本大震災の翌年、今から九年前に私が書いた詩です。どのような災禍が、障害が起ころうとも、変わることのない思いです。コロナ禍にある今、これらの「生活」の当たり前を慈しみ、自分の心を支えて生きています。

（２０２１年１月）

社長ですか？

長嶋　有

社長とご飯を食べた。

東京の都心の一等地に自社ビルを持つ、大会社の社長である。ある仕事を引き受けたのだが、仕事の前に一度ぜひ社長と会食をしてほしい、ということだった。あぁ、はい。僕は承諾した。

迎えにきたハイヤーに乗り、指示された、自社ビルのすぐ近くの料亭で降り、座敷に通されると、おじさんが三人いた。一人は仕事の依頼をしてきた常務（みたいな肩書きの人）。もう一人は初対面で、僕に名刺を差し出した。

「ああ、どうも」受け取った名刺には、専務（みたいな役職名）が記されている。残りの一人も初対面で、品のいい落ち着いた声音で「今日はようこそお越しくださいました」とだけ。

「いや、どうも」と僕はかしこまり、四人で着席した。おしぼりを使いながら、名刺を出さなかった右隣の男が「社長」ってことでいいんだよな、と思った。

「社長が会いたいから」と設けられた席で、社長ですと名乗る人がいなかった場合、社長以外の役職を名乗った人を省いた残りが社長。そう解するのが道理だろう。

「いやはや、コロナウイルスで大変ですね」「まったくですね」世事について会話する。料理が運ばれてくるとだんだん座が和み、冗談口も増え、男四人で笑い合うようになった。

「あれが映画化したときなんかは」「あれはまあ、大変で」「いやはやハッハ」ねえ、社長なんかもそうじゃないですか？　笑いついでに右隣の人に話を向けようとして、立ち止まる（気持ちが）。

本当に社長だろうか、と。

最初に挨拶した際に、聞く機会を逸してしまった。

いや、違うと思う。そもそも「聞く」機会なんて最初からなかった。もし聞くとしたら「（あなたが）社長ですか？」という日本語になる。言えるわけない。専務的な人から名刺をもらった際に「ってことは、アノー……」上目遣いでモジモジ促せば「いかにも（私が社長です）」と返事はあったかもしれない。

社長という呼称は用いずに、だが社長とみなして会話を続けるほかあるまい。不意に襖が開き、右隣の男が即座に居住まいを正し「お待ちしておりました」と席を立って真の社長を着座させるかもしれない（てことは、彼は座布団を温めていたのか）。

だが、その男も役職を名乗らなかったら！

そもそも、こちらが聞けないのと同じくらい、社長こそ、言えないいんじゃないか。自ら「社長です」などとは。

会話を続けるほかあるまい、なんて悲愴な感じに書いたが、それは全然、超スムーズだった。料理は美味で、皆上機嫌で、会話も盛り上がり、帰りもハイヤーを出してもらった。

本当に社長かなあという思いだけ、自宅前で降りてなお残る。


（2020年5月）

予定は未定

堀込高樹

ネットニュースで読んだ、ある女優の言葉。

「人から食事に誘われても、それが何日も先の約束だと重荷に感じてしまう。だから約束はしたくない。でも『今夜どう？』だったらいい」という内容。

自分も似たようなタイプです。

お誘いメールに「こちらは○日が好都合です」という返信をした直後はウキウキしているのだけど、その気持ちの昂《たかぶ》りは一週間後には消えていて、当日は「やっぱり行かなくちゃダメだよな、約束したし」というところまで落ちている。

でも会えば会ったで楽しいので、お開きになる頃には「また催しましょうね」という気分で帰宅するのだけど。

独身時代は友人が不意に訪ねてきたり、あるいは訪ねて行ったりしたものです。予定になかった集まりのほうが盛り上がったりしませんでしたか。

もう一人、似たような人を知っている。母です。

母は彼女の妹（つまり叔母）とかれこれ五十年くらい美容院を営んでいる。おばあちゃん美容師の店に来るのは、おばあちゃんのお客だけだ。だから年々、お客は減っていく。

昨今、美容院は予約をして行くのが普通だけど、母たちの店は成人式の着付け以外、予約を受け付けていない。定休日と営業時間を定めてはいるが、自分たちの都合で休みにしたり閉店を早めたりしている。

「そんな適当な営業形態じゃ、お客さんは困るでしょ?」と訊くと、「みんな暇だからいいのよ。開いてなかったら、また来ればいいだけのこと」だって。

「予約制にすれば、予約のない日は休みにできるじゃないか。お客も無駄足踏まなくて済むし、こっちも楽だよ」と言うと、「先の予定があると、落ち着かないから嫌なんだよ。○月○日、あの人が来るのか、そうか、来るのか、うーん……、てなるのよ」。

来るとわかっている客に備えるのは憂鬱で、いつ来るかわからない客を待つほうが気楽でいい、という気質。お客を確保することを避けたがるなんて、この人、商売に向いていないのではないか。向いていないことを、どうして五十年も続けているのだろう。

いや、違うな。いつ来るかわからない客を待つのが苦にならないから、五十年も続けていられるのだ。はなから予約を受け付けなければ、スケジュール表の空白を見て不安になることはない。気苦労が少ない。だから続けられる。そういう意味において〝客〟商売には向いている、と言えなくもない。

今、店には老婆たちの他に意外な常連がいます。

お客にポケモンＧＯをやっている人がいて、教えてくれたそう。

「ほら、そこのドライヤー椅子のところ。ポケモンいるわよ」と。

（２０２１年１月）

「わからない」を語りたい

花田菜々子

最近「わからなかった」本の話を誰かとすることにハマっている。

書店員として働くようになってから二十年弱。書店員というのは職業上、本のことを「わかっている」ていで話をしなければならない仕事だ。あれは名作ですよね、話題のあの本が売れているのはこういう理由でしょう、この本の素晴らしいところはこんなところなんです、などなど。嘘は言わないが、わざわざネガティブな感想を表に出すことはほとんどない。「わからなかった」は、本来はネガティブな感想ではないのだが、「読む価値がなかった」の婉曲表現だと思われてしまうし、何より書店員としての見栄もある。

そう感じていた私が「わからない」に目を向けたきっかけは、最近文学賞を受賞したある小説を読んだときに全然面白いと感じられなかったことだった。うーん。よさがわからない。だが、たくさんの書店員が心から絶賛しているようだ。駄作ということではなさそう。隣で仕事をしている文芸好きの同僚にふと尋ねてみた。

「○○って読んだ？　私、実はよくわからなかったんだけど」

すると意外なことに、同僚の目はパッと見開かれ、輝いていた。

「実は私もわからなかった！」

だが、賞の批判や作品の悪口に話がそれてしまってはつまらない。私はその作品を面白いと感じる人がなぜそう感じられたのかを、純粋に知りたいだけだからだ。

仕事中にもかかわらず、ああでもないこうでもないと意見を交わす。話してみると、「わからない」を語る言葉には意外な豊かさがあることに気づく。まず、自分が一応その本を読めていて、「わからなさ」を言語化できていないと話すことはできない。そして話すことができても、今度は、よい小説の基準、マイナスに思えた表現方法、結末への懐疑……口に出してみてはじめて、自分の意見の不確かさがはっきりと輪郭を持つ。たかが本の話なのに、自分の恥ずかしい内面を吐露せずに「わからなさ」を語ることは、難しいのだった。

「わかる」を語るとき、私たちは自分の弱さをさらさぬまま、自信を持って語ることができる。本を読んでいて「わかる」と思うとき、私たちは幸せに満ちているし、心強さをもらう。読書のいちばんの醍醐味とも言えるだろう。わかる本への言葉は、究極的には「とにかくいい」「すごい」という感嘆で足りてしまう。作品が心に飛び込んできているので自分から近づく必要がないからだ。

だが「わからない」は自分から近づかなければ、向こうから歩み寄ってきてはくれない。そこに辿り着こうとして届かない言葉や想いはいつも不格好で、その人らしさがにじみ出ていて惹かれる。

というわけで最近の私は、誰かのわからなかった本の話を採取することに夢中なのだ。つまりそれは、本の話をするふりをして誰かの心の奥底に触れてみたいだけなのかもしれない。

（２０２１年１月）

マッチ箱再見

小沼純一

押入れの奥はふだん忘れているものたちが眠っている。あるときから不要になったもの、もともといらなかったのに何とはなしに処分できないもの、などが無秩序に。じぶんの代だけならいざ知らず、二代三代ともなると、容易に手がつけられない。モノにはモノの、人知を超えたものがある。

と、そんな大層なはなしではなく、若い時分に気まぐれにとっておいたものがでてきて、だ。なにかといえばマッチである。高校生から大学生、就職して間もないころらしい。大抵は飲食店で、じぶんの行動範囲がわかる。なつかしい店があり、まるで記憶のない店があり、なんでこんな界隈のがあるのかくびをかしげる店がある。

友人たちと飲食店に行った。無償の会話をどれくらいしたか。喫煙の習慣はなく、店のマッチだけ持ち帰った。それが残っている。

ひとつ手にとり、もひとつ手にとり、とするうち、モノひとつひとつに結びついた記憶より、モノたちとあった時代がたちのぼる。

マッチをつぎつぎと袋にあける。紙マッチならちぎる。頭薬部分の多くは白く未練もないが、なかには色がついているのがあって、一本だけ残す。あるいは、紙マッチのならびがおもしろかったり、それぞれの軸木にことばがかかれているものもある。箱は残す。

箱マッチや紙マッチだけでなく、一見もっと立派な入れものにはいっているものがあったり、通常よりずっと長細い箱があったり。後者をあけてみると、なんだ、なかは上下二つに分かれていたり。デザインはさまざま。多くの店はすでにない。たまたま近くをとおって看板を見掛けると、なつかしいというより、ふっ、と、瞬間、タイムスリップし、まだあった、あってくれた、と息をつく。

ものによってはマッチ箱の白い部分、引きだしのところに小さく文字が。じぶんの字だ。年月日、誰々と。たくさんはない。すっかり忘れていた。ああ、あのころはこういうひととつきあいがあったのか。しばらくは誰だったたっけとおもいだせない名もある。

細いマッチがたくさん集まってうごくと、からから、さらさら。まとまっているのに、軽いからか、水がながれるよう。過去のことどもはこんなふうにひとつずつ小さく干凅《ひから》び、音をたてる。

数年前、火が怖い、と学生が言っているのを耳にした。火はいくらでもあるようでいて、そうでもないのか。機械のなかではたらいたり、目につきにくいところにあったり。コンロもつかわなければなおのこと縁遠い。火は管理されている、飼いならされてしまったか。蝋燭《ろうそく》の焔がつくる光と影を感じとる画家が、思索にふける哲学者がいた時代は遠い。そんなふうにおもえなくもないが、いやいや、プロメテウスへの敬意を忘れるわけにはいくまい。

ゆらめくことなく、平坦にあたりを照らすあかりとは異なったものを、火はもたらしてくれる。だから、という口実のもとに、マッチ箱はまた、押入れの奥、そっとしまわれる。

（2021年5月）

人生に向き合えば

村田諒太

近頃、会社の偉い方や、世に言う成功者の方々とお話をさせていただくと、決まって「『仕事の付き合いでしょうがなく外に出ている、仕事だ、面倒だ』と家族に言ってきたが、いざそれが無くなると、いかに自分が外出を楽しんでいたか、実感する」という声を耳にします。

事実、私自身もそれを痛感しています。

そして、奥様方は、夫が家を空けることで生まれる「良い距離感」というものが存在していたことを、感じていらっしゃるのではないでしょうか？　この生活もここまで長く続くと、慣れと共に「本当に大切なものはなにか」「移ろいやすいものはなにか」ということが見えてきたのではないかと思います。

私にとっての移ろいやすいものとは、地位と名誉だなと感じております。一年半以上も試合が無く、知名度や収入も激減しましたが、それは社会が作っているに過ぎず、こういった状況では簡単に消えていくものです。大切なものは、社会が変わろうと、変わらずそこにあり続けるのではないでしょうか。

このような綺麗事が言えるのも、私自身が、今、稼ぎが無くなっても、当面の間は生きていける経済状況にあるから、ということは否めないでしょう。ですので、読者の方々の中には「大切なものはお金だと分かった」という方もいれば、それぞれに様々な思いがあることかと思われます。コロナ禍によって否応なしに、自分たちの人生というものに向き合わされているのではないでしょうか。

『夜と霧』で知られるヴィクトール・フランクルが残した言葉に、「人生になにを期待できるかと問うことはありません。人生が私になにを期待しているのかと問うだけです」というものがあります。また、ニーバーという神学者も「神よ、変えることのできるものを変える勇気を、変えることのできないものを受け入れる冷静さを、その二つを識別する知恵を、私に与えてください」という祈りの言葉を残しています。二人に共通するのは、自我というものを超越していることではないでしょうか。大いなるなにかによって全てが変えられてしまうのであれば、生きる意味などないと、ニヒリズムに陥ってしまいそうですが、二人の述べていることは全く逆で、自分の人生に向き合う態度というものを示しているように思います。

２０１１年の大震災において、原発の危険性など、人間が越えてはいけない一線を嫌というほど目の当たりにした私たちだからこそ、このコロナ禍において、あるべき姿や大切にするべきものが見えやすいのではないでしょうか。

私は、地位と名誉などというものは、神様ではなく、人間が作った、脆く崩れやすいものであり、人生を懸けて追い求める必要はないのだと再確認いたしました。

最も大切なものは外ではなく内にある、そういったことに思いを強くする今日この頃です。

（２０２１年９月）

私のパイセン

いとうせいこう

心から「パイセン」と呼んでいる人がいる。いわゆる「先輩」の逆さ言葉であり、つまりは最大のリスペクトの対象だ。

ただしそれが実際にどんな人だか、私は知らない。ほとんど男女の区別もわからない。たまにチラリと姿は見えるが、それはこちらのベランダから遠くの一戸建ての屋上部分に素早くあらわれる人の様子で、どうやら六十前後の女性ではないかと思われるのだが、本当のところがわからない。

そのパイセンが何をしに屋上に出現するかといえば、大量の洗濯物を干すのである。いくつもの物干しスタンドに渡した竿に、それは手際よく家族全員のであろう様々な洋服、下着を掛けるのだ。

ただ、その手際を崇めているのではない。それより何より、パイセンはその日の天気を完全に把握しており、ほぼ二時間後に雨模様とくれば絶対に洗濯物を干さない。おそらく洗ってさえいないのではないか。あるいはまあ、風呂場の中で室内乾燥に専念する。

であるから、こちらとしては洗濯が終わった頃、必ずパイセンの屋上を見るのである。で、そこに洗濯物が干してあればウチも干す。干してなければあわててスマホのアプリで近辺の天気を見る。するとすっかり青空が広がっているというのに、レーダー上に雨雲があり、それが一時間ほどすると洗濯物を襲うのがわかる。

こう書くとパイセンもアプリの天気予報を見ているのだろうと思われるだろうが、実はそう簡単ではない。時たま私が確認した天気情報と食い違うことがあり、ついパイセンを見くびってベランダにおしゃれ着など干すと、一時間くらいあとに通り雨にあう。

少なくともパイセンは複数のアプリを読み解いているのであり、その上で完璧な作戦を立てて洗濯物を干すのだ。したがってたまたま朝早く起きてふとサッシ窓から外を見て、いつもよりよほど早くパイセンの洗濯物が並んでいるのを見ると「これは一日ばっちり晴れるのだな」とわかる。「午後に二度目の洗濯物を干す算段なのだ」と。だから我々もまたあわてて洗濯機のスイッチを押す。「おーい、今日は二毛作だぞ！」などと声を荒らげながら。ほとんどこれは農作業の世界だ。

ただし非常に難しいのは、我々が二十四時間態勢でパイセンを監視出来ないことで、右の例では早朝たまたまパイセンの奇襲作戦みたいなものをキャッチしたが、うっかりその行動を見逃すことがよくある。すると、昼前の燦々とした太陽の下、パイセンの屋上に一枚の洗濯物もなかったりする。こうなるとウチの動揺は限りない。

要するに「二毛作」の合間なのである。そこを見抜けない我々はまだまだ素人だ。パイセンの洗濯カゴの角を削って飲みたい。

そういえば先日、青天なのに一日洗濯物が出ない日があった。私たちはひどく心配したがゴールデンウィークであり、パイセンはどうやら家族と一緒に温泉かどこかで休養したようだ。よかった。

（2021年7月）

忘れないでおくこと

中島京子

イタリアの作家、パオロ・ジョルダーノの『コロナの時代の僕ら』(早川書房)は、新型コロナウイルスの大騒動の中で書かれたエッセイ集で、あとがきの「コロナウイルスが過ぎたあとも、僕が忘れたくないこと」は殊に、重く胸に響いている。

著者は、新型コロナが襲い掛かってきたときに、人々がいかに無防備だったか、それに無知だったか、あるいはひそかにデマかもしれないような噂にすがったか等々、公式の記録には残らないだろういろいろなことを、「忘れたくない」と書いた。おそらくは、それは簡単に忘れられてしまう可能性があり、そして忘れてしまえばもう一度同じように人を無防備にしてしまうものだからだろう。

中国の作家の閻連科《えんれんか》も、香港の学生に向けたメッセージの中で、「この厄災の経験を『記憶する人』であれ」と書いた。「われわれはこの新型肺炎の事の起こり、ほしいままの略奪と蔓延、近くもたらされるであろう『戦争の勝利』と称される万人の合唱の中で、少し離れたところに黙って立ち、心の中に墓標を持つ人になろう」と、厳しい言論統制のある国で書き続けている作家は訴えた。

忘れないでおくこと、記憶に残しておくことについて考えている。日本でも外出自粛要請が出ると、さまざまな支援団体がSNS上でアナウンスをはじめた。ホームレスの人、ネットカフェで暮らしている人、家庭内暴力が怖くて逃げている人が、行き場をなくしたからだ。在留外国人や留学生の支援者や、人々が外に出ないことであきらかに仕事を失う人の支援をしている弁護士なども、ものすごく働いていた。依頼人の状況改善のために、文字通り東奔西走、自宅に戻ればリモートワークが待っていて、寝る時間すらないように見えた。あっという間に、オンラインの支援システムが立ち上がり、相談窓口ができたのは、ずっと支援を続けていたからだということが、目に見えてわかった。コロナの被害は、最も弱い人々を直撃した。いまだけではなく、支援は必要な人のところに届かなくては意味がない。そのことを覚えておこうと思った。

もう一つ、感染者や医療関係者にまで、ひどいバッシングがあったこと。つらいけれど、いちばん忘れてはいけないことだろう。

いつまでたっても届かなかったマスクのことなどは、さすがに記憶から消えたりしないだろうけれど、オリンピックや隣国の国家元首の来日を睨んで後手後手に回った対策は、残念だけど、わたしたちが選挙で選んだ政治家のやったことだというのも忘れがたい。有権者の約半数が選挙に行かず、誰もがその状況に慣れきってしまい民主主義をさぼると、つけを払わされる。

つらいことばかり記憶するのは悲しいので、日本から中国に送ったマスクに千三百年前の漢詩が添えられ、お返しに中国から日本に届いたマスクには夏目漱石が正岡子規に送ったとされる俳句が書かれていたことも、ぜったい、忘れたくないなと思っている。

（2020年7月）

随筆集『あなたの暮らしを教えてください』は、左記に掲載した「随筆」のなかから、テーマごとに編成し、全4冊のシリーズとしたものです。

『暮しの手帖』第4世紀26号（2007年1月）〜
第5世紀14号（2021年9月）

別冊『暮しの手帖の評判料理 冬の保存版』（2010年10月）
『暮しの手帖の評判料理 春夏の保存版』（2011年4月）
『自家製レシピ 秋冬編』（2012年10月）
『自家製レシピ 春夏編』（2013年4月）
『暮しの手帖の傑作レシピ 2020保存版』（2019年12月）

第2集となる本書では、「日々の気付き」にまつわる作品を選び、収録しました。
各文末の（）内の年月は、掲載誌の発行時期です。内容は総じて掲載当時のままですが、著者の希望により、一部加筆・修正を行いました。

著者紹介

町田 康（まちだ・こう）

1962年大阪府生まれ。作家。96年初の小説『くっすん大黒』を発表、同作で翌年Bunkamuraドゥマゴ文学賞と野間文芸新人賞を受賞。2000年『きれぎれ』で芥川賞、01年詩集『土間の四十八滝』で萩原朔太郎賞、02年短編「権現の踊り子」で川端康成文学賞、05年『告白』で谷崎潤一郎賞、08年『宿屋めぐり』で野間文芸賞を受賞。

江國香織（えくに・かおり）

1964年東京都生まれ。作家。91年『こうばしい日々』で産経児童出版文化賞、翌年坪田譲治文学賞、2002年『泳ぐのに、安全でも適切でもありません』で山本周五郎賞、04年『号泣する準備はできていた』で直木賞、15年『ヤモリ、カエル、シジミチョウ』で谷崎潤一郎賞を受賞。他受賞著書多数。童話、詩、エッセイ、翻訳などでも活動。

酒井駒子（さかい・こまこ）

1966年兵庫県生まれ。絵本作家。2006年『ぼく おかあさんのこと…』でフランスのピチュー賞、オランダの銀の石筆賞、09年『くまとやまねこ』（文・湯本香樹実）で講談社出版文化賞絵本賞、『ゆきが やんだら』で銀の石筆賞を受賞。同書はニューヨーク・タイムズの「2009年の子供の絵本最良の10冊」にも選出。国内外で著書多数。

ヤマザキマリ（やまざき・まり）

1967年東京都生まれ。漫画家、随筆家。84年イタリアに渡る。97年漫画家デビュー。2010年『テルマエ・ロマエ』でマンガ大賞、手塚治虫文化賞短編賞受賞、16年『スティーブ・ジョブズ』などで芸術選奨文部科学大臣賞を受賞。17年イタリア共和国星勲章コメンダトーレ受章。著書『男性論 ECCE HOMO』『オリンピア・キュクロス』『歩きながら考える』他多数。

保阪正康（ほさか・まさやす）

1939年北海道生まれ。ノンフィクション作家。「昭和史を語り継ぐ会」主宰。2004年個人誌『昭和史講座』を中心とする一連の研究で菊池寛賞、17年『ナショナリズムの昭和』で和辻哲郎文化賞を受賞。著書『昭和陸軍の研究』『秩父宮』『石橋湛山の65日』『昭和の怪物 七つの謎』『昭和史の大河を往く』シリーズなど多数。

潮田登久子（うしおだ・とくこ）

1940年東京都生まれ。写真家。75年頃よりフリーランスの写真家として活動。2018年『本の景色　BIBLIOTHECA』で土門拳賞、写真の町東川賞国内作家賞、22年『マイハズバンド』でParis Photo-Aperture Photo Book Awards審査員特別賞を受賞。写真集に『冷蔵庫　ICE BOX』『みすず書房旧社屋』『先生のアトリエ』など。

関　容子（せき・ようこ）

1935年東京都生まれ。エッセイスト。81年『日本の鶯　堀口大學聞書き』で日本エッセイスト・クラブ賞、角川短歌愛読者賞受賞。96年『花の脇役』で講談社エッセイ賞、2000年『芸づくし忠臣蔵』で読売文学賞、芸術選奨文部大臣賞を受賞。著書『舞台の神に愛される男たち』『勘三郎伝説』『銀座で逢ったひと』他多数。

鴻巣友季子（こうのす・ゆきこ）

1963年東京都生まれ。翻訳家、文芸評論家。英語圏の現代文学の紹介、古典新訳にも力を注ぐ。著書『孕むことば』『全身翻訳家』『翻訳教室　はじめの一歩』『翻訳ってなんだろう？』『文学は予言する』他多数。翻訳書、ブロンテ『嵐が丘』新訳、クッツェー『恥辱』『イエスの学校時代』他、アトウッド『誓願』『獄中シェイクスピア劇団』など多数。

片岡義男（かたおか・よしお）

1939年東京都生まれ。作家。大学在学中よりライターとして活躍。74年『白い波の荒野へ』で小説家デビュー。75年『スローなブギにしてくれ』で野生時代新人文学賞受賞。小説、評論、エッセイ、翻訳などの執筆活動のほかに写真家としても活躍。著書『彼のオートバイ、彼女の島』『言葉の人生』『僕は珈琲』など多数。

小池昌代（こいけ・まさよ）

1959年東京都生まれ。詩人、作家。詩集では97年『永遠に来ないバス』で現代詩花椿賞、2000年『もっとも官能的な部屋』で高見順賞、10年『コルカタ』で萩原朔太郎賞を受賞。詩作以外では01年『屋上への誘惑』で講談社エッセイ賞、07年短篇集『タタド』の表題作で川端康成文学賞、14年『たまもの』で泉鏡花文学賞受賞など。著書多数。

近田春夫（ちかだ・はるお）

1951年東京都生まれ。音楽家。72年、バンド「近田春夫&ハルヲフォン」結成、現在はバンド「活躍中」や、DJのOMBとのユニット「LUNASUN」で活動。78～84年、雑誌『POPEYE』でコラム「THE 歌謡曲」を連載。97～2020年『週刊文春』でコラム「考えるヒット」を連載。著書『調子悪くてあたりまえ　近田春夫自伝』など。

斎藤明美（さいとう・あけみ）

1956年高知県生まれ。文筆家。高校教師、テレビ構成作家を経て、『週刊文春』記者を20年務める。99年初の小説『青々と』で日本海文学大賞奨励賞受賞。2009年松山善三・高峰秀子夫妻の養女となる。著書に『高峰秀子の捨てられない荷物』『最後の日本人』『高峰秀子の流儀』『家の履歴書（全3巻）』『高峰秀子が愛した男』など。

半藤一利（はんどう・かずとし）

1930年東京都生まれ。作家。『週刊文春』『文藝春秋』編集長、専務取締役などを経て、作家に。歴史探偵を自称。93年『漱石先生ぞな、もし』で新田次郎文学賞、98年『ノモンハンの夏』で山本七平賞、2006年『昭和史 1926-1945』『昭和史 戦後篇 1945-1989』で毎日出版文化賞特別賞、15年菊池寛賞を受賞。著書多数。21年逝去。

岩政伸治（いわまさ・しんじ）

1966年山口県生まれ。白百合女子大学教授。専門は環境人文学、日本ソロー学会理事。19世紀アメリカの思想家ヘンリー・D・ソローの世界市民思想や環境思想が影響を与えたアメリカの文化、文学を研究。翻訳書『ソロー語録』、共訳書『平和をつくった世界の20人』『大地の時間 ――アメリカの国立公園、わが心の地形図』など。

角田光代（かくた・みつよ）

1967年神奈川県生まれ。小説家。90年「幸福な遊戯」で海燕新人文学賞を受賞しデビュー。96年『まどろむ夜のＵＦＯ』で野間文芸新人賞、2005年『対岸の彼女』で直木賞、07年『八日目の蝉』で中央公論文芸賞、11年『ツリーハウス』で伊藤整文学賞、21年『源氏物語』の現代語訳で読売文学賞受賞など。受賞・著書多数。

津村記久子（つむら・きくこ）

1978年大阪府生まれ。小説家。2005年「マンイーター」（『君は永遠にそいつらより若い』に改題）で太宰治賞を受賞しデビュー。08年『ミュージック・ブレス・ユー!!』で野間文芸新人賞、09年『ポトスライムの舟』で芥川賞、16年『この世にたやすい仕事はない』で芸術選奨新人賞、17年『浮遊霊ブラジル』で紫式部文学賞受賞など。著書多数。

姜 尚美（かん・さんみ）

1974年京都府生まれ。月刊情報誌『Meets Regional』『Lmagazine』などの編集者を経て、2007年よりフリーランスの編集者およびライター。まちと味の関係に興味を持ち、書籍や雑誌などで取材・執筆を行う。著書に『京都の中華』『あんこの本』『遺したい味 わたしの東京、わたしの京都』（平松洋子と共著）など。

穂村 弘（ほむら・ひろし）

１９６２年北海道生まれ。歌人。評論、エッセイ、絵本、翻訳など様々な分野でも活躍。90年歌集『シンジケート』でデビュー。２００８年『短歌の友人』で伊藤整文学賞、「楽しい一日」で短歌研究賞、17年『鳥肌が』で講談社エッセイ賞、18年歌集『水中翼船炎上中』で若山牧水賞を受賞。著書『ラインマーカーズ』『世界音痴』『絶叫委員会』他多数。

木内 昇（きうち・のぼり）

１９６７年東京都生まれ。作家。編集者、ライターを経て、２００４年に『新選組幕末の青嵐』でデビュー。08年刊行の『茗荷谷の猫』が話題となり、翌年早稲田大学坪内逍遙大賞奨励賞を受賞。11年『漂砂のうたう』で直木賞、14年『櫛挽道守』で中央公論文芸賞、柴田錬三郎賞、親鸞賞を受賞。著書『占』『剛心』他多数。

三木 卓（みき・たく）

１９３５年東京都生まれ。詩人、小説家、翻訳家。70年『わがキディ・ランド』で高見順賞、73年「鶸《ひわ》」で芥川賞、84年『ぽたぽた』で野間児童文芸賞、97年『イヌのヒロシ』で路傍の石文学賞、『路地』で谷崎潤一郎賞受賞、99年紫綬褒章受章、２００７年日本芸術院賞・恩賜賞など受賞・著書多数。『ふたりはいっしょ』など翻訳も数多い。日本芸術院会員。

ほしよりこ（ほし・よりこ）

１９７４年生まれ。関西在住。漫画家。インターネット上で連載を始めた『きょうの猫村さん』が２００５年に書籍化され、大ベストセラーに。15年『逢沢りく』で手塚治虫文化賞マンガ大賞受賞。著書『山とそば』『僕とポーク』『Ｂ＆Ｄ』、絵を担当した『「来ちゃった」』（酒井順子著）『赤ずきん』（いしいしんじ著）など。

早坂 暁（はやさか・あきら）

１９２９年愛媛県生まれ。脚本家、小説家。芸術祭大賞、芸術選奨文部大臣賞、紫綬褒章、旭日小綬章など受賞・受章多数。代表作にテレビドラマ『天下御免』『夢千代日記』『花へんろ』、映画『空海』『天国の駅』、小説『ダウンタウン・ヒーローズ』『華日記』、エッセイ集『公園通りの猫たち』『この世の景色』など。17年逝去。

佐野眞一（さの・しんいち）

１９４７年東京都生まれ。ノンフィクション作家。97年『旅する巨人 宮本常一と渋沢敬三』で大宅壮一ノンフィクション賞、２００９年『甘粕正彦 乱心の曠野』で講談社ノンフィクション賞を受賞。著書『巨怪伝 正力松太郎と影武者たちの一世紀』『東電ＯＬ殺人事件』『沖縄 だれにも書かれたくなかった戦後史』『あんぽん 孫正義伝』など多数。22年逝去。

楊 逸（やん・いー）

1964年、中国ハルビン市生まれ。小説家。87年留学生として来日。2007年『ワンちゃん』で文學界新人賞を受賞し小説家デビュー。08年『時が滲む朝』で日本語を母語としない作家として初めて芥川賞を受賞。著書『金魚生活』『獅子頭《シーズトォ》』『孔子さまへの進言——中国歴史人物月旦』『蚕食鯨呑——世界はおいしい「さしすせそ」』など。

西 加奈子（にし・かなこ）

1977年、イランのテヘラン生まれ。小説家。2004年に『あおい』でデビュー。05年、1匹の犬と5人の家族の暮らしを描いた『さくら』がベストセラーに。07年『通天閣』で織田作之助賞、13年『ふくわらい』で河合隼雄物語賞、15年『サラバ!』で直木賞を受賞。著書『きいろいゾウ』『きりこについて』『漁港の肉子ちゃん』『i』『夜が明ける』他多数。

平田俊子（ひらた・としこ）

1955年島根県生まれ。詩人。83年「鼻茸について」他の詩篇で現代詩新人賞、98年『ターミナル』で晩翠《ばんすい》賞、2000年戯曲『甘い傷』で文化庁舞台芸術創作奨励特別賞、04年『詩七日』で萩原朔太郎賞、05年小説『二人乗り』で野間文芸新人賞、16年詩集『戯れ言の自由』で紫式部文学賞を受賞。エッセイもあり、著書多数。

植松三十里（うえまつ・みどり）

1954年静岡県生まれ。歴史時代小説家。2003年『桑港《サンフランシスコ》にて』（文庫では『咸臨丸、サンフランシスコにて』へ改題）で歴史文学賞、09年『群青 日本海軍の礎を築いた男』で新田次郎文学賞、『彫残二人』（文庫では『命の版木』へ改題）で中山義秀文学賞を受賞。近著に『帝国ホテル建築物語』『家康の海』『羊子と玲 鴨居姉弟の光と影』など多数。

坂之上洋子（さかのうえ・ようこ）

経営ストラテジスト、作家。「どうすれば、社会に良いインパクトを与えることができるか」をキーワードに国際機関、上場企業、官庁、大学、社会起業家などへ経営やコミュニケーション、ブランディングの戦略を構築。2007年『Newsweek』誌の「世界が認めた日本人女性100人」の1人に選出。著書『結婚のずっと前』（写真・野寺治孝）他。

恩田 陸（おんだ・りく）

1964年青森県生まれ。作家。92年日本ファンタジーノベル大賞最終候補作の『六番目の小夜子』でデビュー。2005年『夜のピクニック』で吉川英治文学新人賞、本屋大賞、06年『ユージニア』で日本推理作家協会賞、07年『中庭の出来事』で山本周五郎賞、17年『蜜蜂と遠雷』で直木賞、本屋大賞を受賞。著書多数。

吉行和子（よしゆき・かずこ）

1935年東京都生まれ。女優。57年舞台『アンネの日記』でデビュー。59年『才女気質』『にあんちゃん』で毎日映画コンクール女優助演賞、79年『愛の亡霊』、2014年『東京家族』で日本アカデミー賞優秀主演女優賞、02年『折り梅』『百合祭』で毎日映画コンクール田中絹代賞受賞。著書『どこまで演れば気がすむの』で日本エッセイスト・クラブ賞受賞など。

青木奈緒（あおき・なお）

1963年東京都生まれ。エッセイスト、作家、翻訳家。随筆家青木玉の娘、幸田文の孫、幸田露伴の曽孫。89年より翻訳・通訳をしながらドイツ滞在。98年帰国し『ハリネズミの道』でエッセイストとしてデビュー。著書『動くとき、動くもの』『風はこぶ』『幸田家のことば』『誰が袖わが袖』『オーライウトーリひなた猫』他。

赤川次郎（あかがわ・じろう）

1948年福岡県生まれ。作家。76年「幽霊列車」でオール讀物推理小説新人賞を受賞し、小説家デビュー。「三毛猫ホームズ」シリーズなどユーモア・ミステリーの他、サスペンス小説、恋愛小説まで幅広く活躍。80年『悪妻に捧げるレクイエム』で角川小説賞。2006年日本ミステリー文学大賞、16年『東京零年』で吉川英治文学賞を受賞。著書多数。

山口 晃（やまぐち・あきら）

1969年生まれ。画家。日本の伝統的絵画の様式を用い、油絵という技法を使って描かれる作風が特徴。絵画、立体、漫画、インスタレーションなど表現方法は多岐にわたる。国内外での展示多数。東京メトロ日本橋駅のパブリックアートや東京2020パラリンピック公式アートポスターを制作。13年『ヘンな日本美術史』で小林秀雄賞受賞。

渡辺和子（わたなべ・かずこ）

1927年北海道生まれ。元ノートルダム清心学園理事長。54年上智大学大学院修了。56年ナミュール・ノートルダム修道女会に入会後、米国に派遣され、62年ボストンカレッジ大学院でPh.D取得。63年36歳でノートルダム清心女子大学学長に抜擢。2012年のベストセラー『置かれた場所で咲きなさい』他著書多数。16年逝去。

鈴木みき（すずき・みき）

1972年東京都生まれ。山系イラストレーター。20代のカナダ旅行をきっかけに山に目覚める。山雑誌の読者モデル、スキー場・山小屋のバイトを経て、イラストレーターに。2009年自身の登山経験を描いたコミックエッセイ『悩んだときは山に行け！』で書籍デビュー。以降、親しみやすいイラストで登山を紹介する著書を多数発表。

三宮麻由子（さんのみや・まゆこ）

東京都生まれ。エッセイスト。幼少期に失明。上智大学フランス文学科修士号取得。98年『鳥が教えてくれた空』でNHK学園「自分史文学賞」大賞を受賞しデビュー。2001年『そっと耳を澄ませば』で日本エッセイスト・クラブ賞、09年に点字毎日文化賞受賞。著書『世界でただ一つの読書』『四季を詠む』『センス・オブ・何だあ？――感じて育つ――』他、絵本・共著も多数。

末盛千枝子（すえもり・ちえこ）

1941年東京都生まれ。編集者。出版社勤務を経て、88年すえもりブックス設立。以後、タシャ・チューダー、ゴフスタインの絵本、上皇后美智子さまの講演録などを出版。2010年岩手県八幡平市に移住。被災地の子どもたちに絵本を届ける「3・11絵本プロジェクトいわて」の代表を務めた。著書『ことばのともしび』他多数。

椎名 誠（しいな・まこと）

1944年東京都生まれ。作家。76年雑誌『本の雑誌』創刊。79年『さらば国分寺書店のオババ』でエッセイストとしてデビュー。89年『犬の系譜』で吉川英治文学新人賞、90年『アド・バード』で日本SF大賞受賞。映画監督として、『白い馬』で96年日本映画批評家大賞最優秀監督賞、97年フランス・ボーヴェ映画祭グランプリ、ポーランド子ども映画祭特別賞など国内外で受賞。

堀江敏幸（ほりえ・としゆき）

1964年岐阜県生まれ。小説家、フランス文学者。95年『郊外へ』で作家デビュー。2001年『熊の敷石』で芥川賞、03年『スタンス・ドット』で川端康成文学賞、04年『雪沼とその周辺』で谷崎潤一郎賞と木山捷平文学賞、06年『河岸忘日抄』、10年『正弦曲線』で読売文学賞、16年『その姿の消し方』で野間文芸賞を受賞。他受賞著書多数。

坂井真紀（さかい・まき）

1970年東京都生まれ。俳優。92年TVドラマ『90日間トテナム・パブ』でデビュー。2008年、映画『実録・連合赤軍 あさま山荘への道程』で日本映画批評家大賞助演女優賞、高崎映画祭特別賞を受賞。映画、ドラマ、舞台をはじめ、CM、ナレーション、執筆活動など、幅広い分野で活動。著書『マンモスマモタン』他。

高畑充希（たかはた・みつき）

1991年大阪府生まれ。女優。2007〜12年ミュージカル『ピーターパン』主演。13年NHK連続テレビ小説『ごちそうさん』への出演を経て、16年NHK連続テレビ小説『とと姉ちゃん』でヒロインを演じ、以降もTVドラマ、映画、舞台などで主演を務めるなど多くの作品に出演。17年エランドール新人賞他受賞多数。著書『穴があったら入ります PHOTO ESSAY BOOK』。

あべ弘士（あべ・ひろし）

1948年北海道生まれ。絵本作家。72年から25年間、旭川市旭山動物園に飼育係として勤務。在職中から絵本を描き始め、退職後、創作活動に専念。95年『あらしのよるに』（文・きむらゆういち）で講談社出版文化賞絵本賞、産経児童出版文化賞JR賞を受賞、他受賞多数。著書『どうぶつえんガイド』など200冊以上。

ミロコマチコ

1981年大阪府生まれ。画家、絵本作家。いきものの姿を伸びやかに描き、国内外で個展を開催。2013年絵本『オオカミがとぶひ』で日本絵本賞大賞、14年『てつぞうはね』で講談社出版文化賞絵本賞、『ぼくのふとんは うみでできている』が小学館児童出版文化賞を受賞。その他に著書受賞歴多数。本やCDジャケット、ポスターの装画も手掛ける。

伊藤亜紗（いとう・あさ）

1979年東京都生まれ。美学者、東京工業大学教授。2017年WIRED Audi INNOVATION AWARD、20年（池田晶子記念）わたくし、つまりNobody賞、同年『記憶する体』でサントリー学芸賞受賞。著書『目の見えない人は世界をどう見ているのか』『どもる体』『きみの体は何者か　なぜ思い通りにならないのか？』『体はゆく　できるを科学する〈テクノロジー×身体〉』など。

阿川佐和子（あがわ・さわこ）

1953年東京都生まれ。報道番組のキャスターを務めた後に渡米。帰国後、エッセイスト、小説家として活動。99年『ああ言えばこう食う』（檀ふみとの共著）で講談社エッセイ賞、2000年『ウメ子』で坪田譲治文学賞、08年『婚約のあとで』で島清恋愛文学賞、14年菊池寛賞を受賞。著書『聞く力』『ブータン、世界でいちばん幸せな女の子』など。

益田ミリ（ますだ・みり）

1969年大阪府生まれ。イラストレーター。漫画「すーちゃん」シリーズ、「沢村さん家」シリーズ、『泣き虫チエ子さん』『今日の人生』『こはる日記』『ミウラさんの友達』など。エッセイ『永遠のおでかけ』、小説『五年前の忘れ物』など著書多数。2011年絵本『はやくはやくっていわないで』（絵・平澤一平）で産経児童出版文化賞を受賞。

最果タヒ（さいはて・たひ）

1986年生まれ。詩人。2006年現代詩手帖賞受賞。08年第一詩集『グッドモーニング』で中原中也賞、15年『死んでしまう系のぼくらに』で現代詩花椿賞を受賞。著書に、詩集『空が分裂する』『夜空はいつでも最高密度の青色だ』他、エッセイ、小説など多数。作詞提供、百人一首の現代語訳、展覧会開催など幅広く活動。

吉田篤弘（よしだ・あつひろ）

1962年東京都生まれ。作家、デザイナー。小説を執筆するかたわら、妻の吉田浩美との共同名義クラフト・エヴィング商會による著作と装幀の仕事を行い、2001年、講談社出版文化賞ブックデザイン賞を受賞。著書『つむじ風食堂の夜』『それからはスープのことばかり考えて暮らした』『レインコートを着た犬』『流星シネマ』など多数。

ブレイディみかこ

1965年福岡県生まれ。ライター。96年から英国在住。2017年『子どもたちの階級闘争——ブロークン・ブリテンの無料託児所から』で新潮ドキュメント賞、19年『ぼくはイエローでホワイトで、ちょっとブルー』で毎日出版文化賞特別賞、本屋大賞ノンフィクション本大賞などを受賞。著書『両手にトカレフ』他多数。

今日マチ子（きょう・まちこ）

漫画家。4度文化庁メディア芸術祭審査委員会推薦作品に選出。戦争を描いた『cocoon』は劇団「マームとジプシー」によって舞台化。2014年に手塚治虫文化賞新生賞、15年に日本漫画家協会賞大賞カーツーン部門を受賞。コロナ禍の日常を描いた『Distance わたしの #stayhome 日記』は22年1月に『報道ステーション』にて特集で紹介。近著に『夜の大人、朝の子ども』など。

柴 幸男（しば・ゆきお）

1982年愛知県生まれ。劇作家、演出家。劇団ままごと主宰。場所や形態を問わない演劇活動を全国各地で行う。2010年『わが星』で岸田國士戯曲賞を受賞。近年は小豆島や横浜、台湾に長期滞在し地域に根ざした演劇を継続的に上演。14年より『戯曲公開プロジェクト』を開始、戯曲を無料公開し多くの上演機会を設けている。

滝口悠生（たきぐち・ゆうしょう）

1982年東京都生まれ。小説家。2011年「楽器」（14年『寝相』に収録）で新潮新人賞を受賞しデビュー。15年『愛と人生』で野間文芸新人賞、16年『死んでいない者』で芥川賞受賞。著書『茄子の輝き』『ジミ・ヘンドリクス・エクスペリエンス』『やがて忘れる過程の途中（アイオワ日記）』『高架線』『水平線』など。

春日武彦（かすが・たけひこ）

1951年京都府生まれ。産婦人科医を経て精神科医に。都立松沢病院精神科部長などを経て、現在も臨床に携わる。著書『不幸になりたがる人たち　自虐指向と破滅願望』『幸福論』『無意味なものと不気味なもの』『鬱屈精神科医、占いにすがる』『猫と偶然』『奇想版　精神医学事典』他多数。

唯野未歩子（ただの・みあこ）

1973年東京都生まれ。女優、作家。短期大学卒業後、自主映画にかかわる。大学で映画制作を学び、在学中に映画『フレンチドレッシング』で女優デビュー、毎日映画コンクール新人賞を受賞。2006年、監督と脚本を担当した映画『三年身籠る』で、高崎映画祭若手監督グランプリを受賞、同名の小説を執筆し、作家デビュー。

小山薫堂（こやま・くんどう）

1964年熊本県生まれ。放送作家。大学在学中に放送作家の活動を開始。『料理の鉄人』などの番組を数多く企画・構成。初の映画脚本となる『おくりびと』で、読売文学賞戯曲・シナリオ部門賞、日本アカデミー賞最優秀脚本賞、米アカデミー賞外国語映画賞を受賞。地域・企業のプロジェクトアドバイザーなども務め、「くまモン」の生みの親。

森絵都（もり・えと）

1968年東京都生まれ。作家。90年『リズム』で講談社児童文学新人賞、同作品で翌年の椋鳩十児童文学賞も受賞。95年『宇宙のみなしご』で野間児童文芸新人賞他、99年『カラフル』で産経児童出版文化賞、2003年『DIVE!!』で小学館児童出版文化賞、06年『風に舞いあがるビニールシート』で直木賞、17年『みかづき』で中央公論文芸賞などを受賞。

大江千里（おおえ・せんり）

1960年生まれ。ジャズピアニスト。83年にシンガーソングライターとしてデビュー後、数多くの作品を発表。2008年渡米。12年、ニューヨークの音楽大学を卒業と同時に、PND Recordsを設立。アルバム『Boys Mature Slow』でジャズピアニストとしてデビュー。著書『ブルックリンでソロめし!』他。

岸本佐知子（きしもと・さちこ）

神奈川県生まれ。翻訳家。訳書にミランダ・ジュライ『いちばんここに似合う人』、リディア・デイヴィス『話の終わり』、ルシア・ベルリン『掃除婦のための手引き書』、ショーン・タン『いぬ』など多数。編訳書に『変愛小説集』『居心地の悪い部屋』など。著書『ねにもつタイプ』で2007年講談社エッセイ賞を受賞。

堀潤（ほり・じゅん）

1977年兵庫県生まれ。ジャーナリスト。2001年NHKに入局し、アナウンサーとして報道番組を担当。12年、市民参加型動画ニュースサイト「8bitNews」を立ち上げ、13年NHKを退局。20年、自身で監督、出演、制作を行った映画『わたしは分断を許さない』を公開。国内外の取材や情報・報道番組、執筆など多岐にわたり活動中。

岩崎 航（いわさき・わたる）

1976年宮城県生まれ。詩人。3歳頃に進行性筋ジストロフィーと診断される。現在は胃ろうからの経管栄養と人工呼吸器を使用し仙台市内の自宅で暮らす。25歳から詩作。2004年から五行歌を詠む。詩集『点滴ポール 生き抜くという旗印』（写真・齋藤陽道）『震えたのは』、エッセイ集『日付の大きいカレンダー』（写真・齋藤陽道）などを刊行。寄稿、対談、講演、朗読会などを行う。

長嶋 有（ながしま・ゆう）

1972年生まれ。小説家、俳人。2001年『サイドカーに犬』が文學界新人賞を受賞し、小説家デビュー。02年『猛スピードで母は』で芥川賞、07年『夕子ちゃんの近道』で大江健三郎賞、16年『三の隣は五号室』で谷崎潤一郎賞を受賞。著書『私に付け足されるもの』『ルーティーンズ』他、エッセイ『観なかった映画』など多数。

堀込高樹（ほりごめ・たかき）

1969年埼玉県生まれ。ミュージシャン。「KIRINJI」として活動中。自身の作品のリリースやライブ活動の他、様々なアーティストへの楽曲提供やドラマ・映画のBGM等、幅広い分野で活躍。著書『あの人が歌うのをきいたことがない』（絵・福田利之）。

花田菜々子（はなだ・ななこ）

1979年東京都生まれ。書店員。2003年「ヴィレッジヴァンガード」に入社。その後、約20年間さまざまな本屋を渡り歩く。22年、「蟹ブックス」をオープン。著書に自身の体験を元に綴った『出会い系サイトで70人と実際に会ってその人に合いそうな本をすすめまくった1年間のこと』などがある。

小沼純一（こぬま・じゅんいち）

1959年東京都生まれ。詩人、文化批評家。早稲田大学文学学術院教授。98年に出光音楽賞を受賞。音楽を中心にしながら、文学、映画、舞台、美術など他分野と音とのかかわりを探る批評を行う。著書『武満徹 音・ことば・イメージ』『映画に耳を 聴覚からはじめる新しい映画の話』『音楽に自然を聴く』『sotto』『しっぽがない』『ふりかえる日、日 めいのレッスン』他多数。

村田諒太（むらた・りょうた）

1986年奈良県生まれ。プロボクサー。中学時代にボクシングを始める。2007年、北京オリンピック出場を逃して一度は現役を離れるが復帰し、12年ロンドンオリンピックで、男子ボクシングミドル級で日本初の金メダルを獲得。その後プロへ転向。17年WBA世界ミドル級王座を獲得。紫綬褒章受章、他受賞など多数。著書『101%のプライド』。

いとうせいこう（いとう・せいこう）

1961年東京都生まれ。作家、クリエーター。88年に『ノーライフキング』で小説家デビュー。99年『ボタニカル・ライフ―植物生活―』で講談社エッセイ賞、2013年『想像ラジオ』で野間文芸新人賞を受賞。演出家、ラッパー、MCなどとしても幅広い表現活動を行う。著書「見仏記」シリーズ（みうらじゅんと共著）など。

中島京子（なかじま・きょうこ）

1964年東京都生まれ。小説家。2003年『FUTON』でデビュー。10年『小さいおうち』で直木賞、14年『妻が椎茸だったころ』で泉鏡花文学賞、15年『かたづの！』で河合隼雄物語賞と柴田錬三郎賞、同年『長いお別れ』で中央公論文芸賞、22年『ムーンライト・イン』と『やさしい猫』で芸術選奨文部科学大臣賞を受賞。その他受賞著書多数。

本文デザイン　勝部浩代
編集　村上 薫
高野容子
暮しの手帖編集部
校閲　暮しの手帖編集部
オフィスバンズ

忘れないでおくこと　随筆集　あなたの暮らしを教えてください2

二〇二三年三月十九日　初版第一刷発行

編　者　暮しの手帖編集部

発行者　阪東宗文

発行所　暮しの手帖社
東京都千代田区内神田一－一三－一　三階

電　話　〇三－五二五九－六〇〇一

印刷所　図書印刷株式会社

ISBN978-4-7660-0230-0　C0095

随筆集

『あなたの暮らしを教えてください』

シリーズ全４冊

第1集

何げなくて恋しい記憶

家族、友人、恩師との話

著者：辻村深月、俵万智、多和田葉子、森絵都、大竹しのぶ、山田太一、三浦しをん、池澤夏樹、イッセー尾形、萩尾望都、阿部和重、片桐はいり、内田樹、長嶋有　ほか全70名

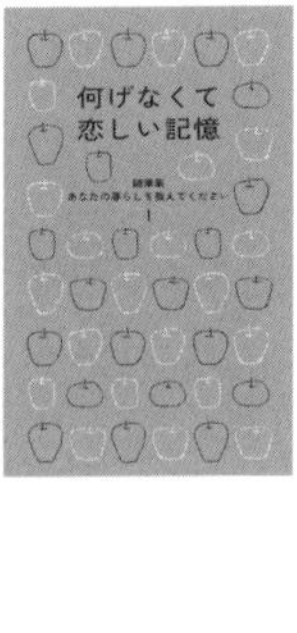

第2集

忘れないでおくこと

日々の気付きにまつわる話

著者：片岡義男、角田光代、町田康、西加奈子、ほしよりこ、ヤマザキマリ、阿川佐和子、高畑充希、赤川次郎、江國香織、中島京子、いとうせいこう、椎名誠、村田諒太　ほか全67名

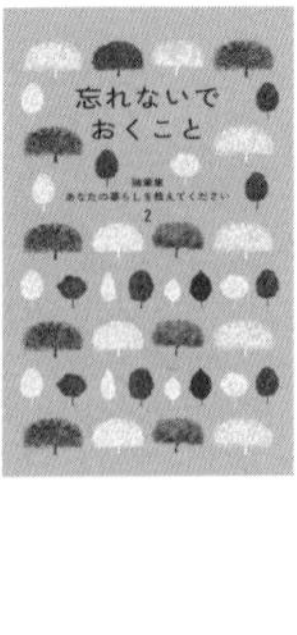

◎２０２３年５月下旬刊行予定

第3集

居心地のいい場所へ

住まい、旅、生き方探しの話

第4集

美味しいと懐かしい

料理、食の思い出の話